文春文庫

淀川八景

藤野恵美

文藝春秋

もくじ

淀川八景

Yodogawa Hakkei

あの橋のむこう

1

　私は三十八歳になるデザイナーだ。東京でひとり暮らしをしている。結婚はしていない。だれかと暮らそうと思ったこともない。仕事は好きだ。さまざまなタッチを使い分け、動植物をデフォルメした脱力系のキャラクターを得意とする。私がデザインしたキャラクターたちは主に雑貨や文房具として商品化されており、その愛らしさでオフィスや学校における味気なさをまぎらわしていることだろう。

　自他ともに認めるところだが、私のデザインはディック・ブルーナに影響を受けている。幼少期に目にした絵本のうちでも『うさこちゃん』は特別だった。絵本を眺めるだけでは飽きたらず、ひまさえあれば、お絵かき帳に描いていた。上手《うま》く模写できるようになると、自分の持ち物にうさこちゃんを描いて、世界でひとつだけのキャラクターグッズを作製したものだ。

　年齢が上がるにつれ、世間ではうさこちゃんよりもミッフィーという呼び名が広まり、ライセンス契約をきちんと交わしたグッズもたくさん売られるようになって、なけなしのお小遣いを使っては、それらをせっせと買い集めた。

十代の後半になっても、私は小学生女子だったときとおなじようにファンシー雑貨の売り場で胸をときめかせていた。大学では美術を学び、アルバイトをして旅費を貯《た》めて、卒業記念にブルーナの出身地であるオランダのユトレヒトを訪ねた。

歴史的な建物、運河沿いのカフェ、立ち並ぶ樹木、そのすべてがどこか懐《なつ》かしくて、しっくりと馴染《なじ》んだ。自由の国、オランダ。画家を育《はぐく》む風景。フェルメール、レンブラント、ゴッホ、そしてブルーナ。

私の心のふるさとは、ユトレヒトなのだ。

しかしながら、現実には私が生まれ育った場所は大阪であり、家族が住んでいるため、東京で働くようになったいまでも、年に一度、新幹線で帰省している。

JR大阪駅に着くと、右側に立つのだということを意識して、エスカレーターへと足を踏み出す。

私が東京で暮らしているあいだに、JR大阪駅はすっかり改築され、洗練された建物に生まれ変わった。いくつものエスカレーターが交差して、多くのひとびとが行き交う巨大なターミナルは、どこかヨーロッパの空港を思わせる。

待ち合わせの時間まではまだ少しあったので、阪急三番街にあるキデイランド大阪梅田《うめだ》店をうろつくことにした。

クリスマス商戦もたけなわで、売り場は活気に満ちている。

自分が高校時代に足繁《しげ》く通っていた場所が、いまも変わらずに存在していることが嬉しい。

　陳列を見れば、どれが売れ筋の商品かがすぐさま判別できる。店に入ってすぐの目立つ場所には、一軍のキャラクターたちが鎮座《ちんざ》ましましている。巨大なぬいぐるみと、その周辺にずらりと並ぶお手頃な価格のぬいぐるみたち。ハンカチ、タオル、クッション、財布、ペンケース、鉛筆、メモ帳、マグカップ、お弁当箱、水筒、毛布、バスマット、便座カバーなどなど、ありとあらゆるものに愛らしい絵柄が印刷されていた。それらがみんな、こぞって存在をアピールしている。見て、見て、見て、見て、こっちを見て！

大阪限定として、キャラクターたちがたこ焼きを持っていたり、自らたこ焼きになっていたりするグッズもある。あるいは、マイクスタンドを前に漫才師に扮《ふん》していたりもする。着ぐるみがやって来るというイベントの告知ポスターがあれば、手描きのＰＯＰが貼られていたり、アニメの映像が延々と流れていたりして、ここは孤独からもっとも遠い場所だ。

　私の勤めているデザイン事務所では小規模な案件しか手掛けていないので、このような一等地で大々的に売り出されるようなキャラクターは輩出していない。マイナー路線にはそれなりの気楽さというものもあるので、自分の扱っている仕事に不満はない。ゆるく見えても、生き馬の目を抜くような業界だ。生存競争の激しいところで人気を保ち続けているキャラクターたちに対しては、リスペクトすら感じる。長年にわたって多くのひとの心をつかむデザインには、それだけの理由があるのだ。

多種多様で山積みとなったグッズのうちから、ファンは欲しいものを見つける。この子を連れて帰ってあげなきゃ。

自分の好きなキャラクターの絵がついているだけで、そんな気持ちになってしまう。うっかり、ぬいぐるみを手に取って、抱きしめてしまった日には、もとの場所に戻すことなんてできやしない。

東京で暮らすうち、ついにマンション購入を決めたのも、ミッフィーグッズのコレクションが溢《あふ》れ返らんばかりになっていたからだった。中古のマンションをリフォームして、六畳間をミッフィー部屋とした。その一角に、自分の手がけたキャラクターたちのグッズも並べてはいるものの、ミッフィーの勢力には太刀打ちできそうもない。大好きなキャラクターたちに囲まれた部屋は、私にとって癒《いや》しの場だ。だが、今日はそこを離れ、妹に会いに来た。

スマートフォンで時間を確認して、妹からメッセージが届いていることに気づく。

「ごめん！　ちょっと遅れるかも」

時間にルーズな妹は、今日も遅刻のようだ。

自分の言いたいことしか伝えない文章に、少しだけ苛立《いらだ》つ。

せめて何分くらい遅れそうなのかという目安を書いてくれたなら、どこかべつの場所で時間を潰《つぶ》したりといった対応も取れるのに。

だが、本気で腹を立てているわけではない。

ふたりきりの姉妹。

仲は良いほうだと思う。たとえ、年に一度しか会う機会はなかろうとも。

本当は、会おうと思えば、いくらでも会える。

しかし、ここ数年は、クリスマス前にだけ、会うようにしていた。

プレゼントを渡すため。

私は妹に会わなければならない。

とりあえず、もう少しミッフィーグッズの売り場を堪能したら、待ち合わせ場所に向かうとしよう。

ミッフィーグッズの売り場には、おそらく同年代であろう女性がいて、鞄《かばん》には茶色いうさぎのメラニーのキーホルダーをつけていた。そして、手に持ったかごに、マウスパッドやら携帯クリーナーやらを次々と入れていく。これだけたくさんの商品が溢れているなかで、私も彼女もブルーナの生みだしたキャラクターを愛しているのだ。そう思うと、シンパシーを感じた。おなじものが好き、というだけで、分かり合えるような気がする。どこのだれかも知らないけれど、同志と出会ったように嬉しい。

各キャラクターごとに分けられた売り場は、どこも多くの家族づれや女性客、外国人観光客などで賑《にぎ》わっていた。

これから会う予定の姪《めい》っ子のために、なにか買ってあげようかと考える。しかし、姪っ子には、私がデザインした「きのこシスターズ」の文房具セットをプレゼントするつもりでラッピングしてきたのだった。きのこシスターズは、しめじちゃん、まいたけちゃん、エリンギちゃん、ベニテングタケちゃんの四姉妹で、キュートなフォルムに毒もあり、大ヒット間違いなしだと思ったのだが、なめこほどの人気を得ることはできず、残念ながらブレイクは果たせなかった。在庫処分と言うなかれ。心をこめたクリスマスプレゼントである。

結局、なにひとつ買うことなく、私はその場をあとにした。

2

どんよりとした冬の空を映して、スカイビルも灰色にくすんでいた。

徒歩で十分ほどの距離をすたすたと歩き、スカイビルに辿《たど》り着く。歩行者専用の通路はそれなりに混雑していて、途中で何組かのカップルを追い抜いた。

いまの時期はドイツ・クリスマスマーケットが開催されており、空中庭園の真下には無数の電飾で飾られた巨大なツリーが設置されていた。日が暮れると、ツリーは光り輝き、カップルの数もますます増えることだろう。

木製のメリーゴーランドの近くに、妹がいた。

妹はベビーカーを押している。

ベビーカーでは姪っ子が眠っていた。

「お姉ちゃん、遅い」

ぷっと頰を膨《ふく》らませた妹は、私よりみっつ年下なので、三十五歳である。

「ごめん、寄り道してた」

自分の妹が三十五歳で子持ちだなんて、いまだに信じられない心持ちだ。

あんなに幼くて、なんにもできないと思っていた妹なのに。

「遅れるんやったら、連絡してよね。こっちのメッセージは見た？」

「うん。だから、ちょっと時間を潰してから来たんやけど」

妹と話すときには、つい、大阪弁が出てしまう。

東京では話し方に特徴を出すことはないので、出身が大阪だと知るとほとんどのひとは意外そうな顔を見せた。大阪弁を恥ずかしいと思っているわけではなく、生まれ故郷を隠そうという気もなかった。ただ、殊更に大阪で育ったということをアピールしたくはないのだ。面白い話やノリのよさを期待されても応《こた》えられないから。

「そやったら、返事してよ。ほんま、お姉ちゃんって、いっつもそうよね。なんで、そんなめんどくさがりなん？　連絡なかったら心配するって、思えへんの？」

私のほうが妹より年上で、三年も長く生きている。妹は高校を中退したが、私はわりと難関である大学を出ており、まがりなりにも正社員として給料をもらっている。しかし、それらの条件を妹は一向に意に介さず、いつも説教をしてくる。

「すぐに見つかったから、まあいいけど。お姉ちゃん、そのコート、どこで買《こ》うたん？

まるっきり、くまやん。こんなんで山おったら、撃たれるで！ そのバッグも、ずだ袋みたいやし、相変わらず、わけわからんセンスやな」

そう言う妹は、メイクやファッションセンスが二十代のころと変わらないままだ。髪を明るい茶色に染め、目はたぶんアイプチを使って二重にしており、私のイメージする母親像からはかけ離れている。

「ごめんってば。結構、待った？」

「まあ、こっちもちょっと前に来たところやけど。出しなにぐずってたんやけど、うろうろしてたおかげで、寝てくれたからちょうどよかったわ」

妹は言いながら、ベビーカーのほうに視線を向けた。眠っている我が子を見つめる妹のまなざしがなんだかまぶしくて、私は目を逸《そ》らす。

自分のあとを追ってばかりいた妹が、いまでは母親なのだということに慣れなくて、どうしていいのかわからない心持ちになってしまうのだ。

「なんか食べる？」

ベビーカーを押して、妹は歩き出す。

「そやね」

会場には本場ドイツから輸送されてきたという木製の小屋が立ち並び、食べ物だけでなく、クリスマスオーナメントや工芸品など、さまざまなものが売られていた。

ポップコーンのバターの香りやキャラメリゼされたアーモンドの甘い香りが充満し、

ソーセージを焼く香ばしいにおいも漂ってきて、食欲を刺激される。

「グリューワインでも飲んで、あったまろかな」

私はそう言うと、ドイツの民族衣装を身に着けた売り子さんに近づき、グリューワインとプレッツェルを注文した。

ワインは赤と白から選べた。サンタクロースのマグカップで、スパイスの効いた甘い赤ワインを飲む。湯気を吸いこむと、蒸発したアルコールでむせそうになる。

妹はビールとソーセージを手に持って、ベンチに腰掛けた。

「ビール？　お酒、飲んでもいいの？」

私の問いに、妹はきょとんとしたあと、笑いながらうなずいた。

「もう授乳してへんから。お酒が飲める生活って、やっぱ、ええわ」

しみじみ言って、妹はビールを味わう。

「何歳になったんやっけ？」

姪っ子は毛布に包まれ、すやすやと眠っている。

「三歳やで。早いよなあ。イヤイヤ期やから、めっちゃ大変。寝てくれて助かったわ。ゆっくり飲めるもん」

しばし姪っ子を見つめながら、あたたかいワインを飲む。

幼子のいとけなさ。子供特有のふっくらとした頬。まるくて、ちいさくて、手足の短いものを見ると、庇護《ひご》欲がかきたてられる。デザイナーとしては、思わずスケッチしたくなるフォルムだ。

「三歳でも、ベビーカーって乗るもんなん？」

自分や妹がそれくらいの年齢のときのことを思い出そうとしてみても、遠い記憶すぎて、霞《かす》んでいる。

「かなり歩けるようになったから、そろそろ卒業かなとも思うんやけど、寝ちゃったときとか、便利なんよね」

妹はそっと手を伸ばして、姪っ子にかけてある毛布の位置を直す。首元から冷たい風が入らないよう、念入りに。

これを飲み終わったら、渡そう。

そう思いながら、マグカップを両手で持つ。

べつに気負いすぎる必要はないのに、つい重く考えてしまう。

「仕事はどう？」

妹の問いに、私は答える。

「まあ、それなりに。なんとか、やってる」

幼いころ、よく妹にねだられて絵を描いた。

おねえちゃん、ミッフィーちゃん、かいて。

妹のために、絵を描いていたあの時間が、私の原風景なのかもしれない。

「そっちは？　子育て、どう？」

「あたしも、なんとか、やれてるかなー。イヤイヤが激しくて、いらつくときもあるけど、寝てるときは天使やし。プレに行きだしたから、ひとりの時間も持てるようになって、かなりラクになったかな、うん」

「プレ？」

「幼稚園に入る前の子らがお試しで行くやつ。午前中だけやけど、リトミックとかあって、楽しそうに通ってやるわ。門のところでバイバイするときも、最近は泣かへんし」

子育てについて話す妹の横顔を、さりげなく観察する。

なにか気づけるとも思えないし、気づいたとしてもどうすればいいのかわからないけれども、気にかけずにはいられない。

子供を叩《たた》いたりはしてない？

そんなこと、訊《き》けるわけもない。

「お姉ちゃん、今日はどうするん？」

「すぐ帰るつもり」

「泊まらへんの？」

「お金、もったいないし」

「うちに泊まってくれても全然かまへんのに」

妹はここから徒歩で行ける場所で暮らしている。

大阪市内にあるタワーマンションの低層階の相場はわからないが、妹が結婚した相手はきちんとローンを返せているのだろう。

「いや、でも、旦那さん、いはるし」

「まあねー」

社交的な性格であれば、妹の旦那とも打ち解けて、家にお邪魔することもできるのかもしれないが、私はそういう人間ではない。

妹の結婚した相手は、こてこての大阪弁で話す営業マンだ。そして、私は大阪弁を使う声の大きな男性が苦手なのである。

自分とおなじ家に生まれ、おなじ父親のもとで育った妹が、どうして、ああいう男性を選んだのか、まったく理解できなかった。

「ごちそうさま。ああ、おいしかった」

妹がつぶやくのと同時に、私のマグカップも空になった。

そろそろ、頃合いだ。

いまのタイミングで渡すのが、一番だろう。

妹が「ずだ袋」と称した布製のショルダーバッグから、ラッピングされたプレゼントを取り出す。

「これ、ももちゃんに」

名前を呼ばれても、姪っ子は目を覚まさなかった。

「ありがとう。本人、起きたら、開けさせるわ」

思うわ」

「文具セットと塗り絵にしてみた。お絵描き、好きって言うてたから」

「そうやねん。ひまさえあれば、チラシの裏とかに、絵、描いてるし。めっちゃ喜ぶと思うわ」

　お絵描きが好きな姪っ子。

　そこに自分との共通点を見出して、血のつながりを感じるのは、短絡的で浅はかだと思う。おそらく、子供というものは、たいてい、お絵描きが好きだろう。

「あと、これ」

　もうひとつのものを、妹に渡す。

　今日は、このために、大阪までやって来た。

　妹に、お金を渡すため。

　ラブリーな装飾の封筒でごまかしたところで、現金は現金だ。

　私は妹に借りがある。その借りを、お金で返している。

「あ、うん、ありがとう」

　妹はあからさまに喜ぶことも、恐縮することもなく、当然のように、それを受け取る。

　そうしてくれることで、こちらも肩の荷が下りた気分になる。

　家族のあいだでのお金のやりとりというものは、必要以上に気を遣う。

　銀行振り込みにすることもできるのに、わざわざクリスマスシーズンに会って、手渡しするのも、欺瞞《ぎまん》だとわかっている。

姪っ子は、まだ起きない。

私と妹のあいだに、沈黙が流れる。

そういえば、こうやって妹と向き合うのは久しぶりのことだ。姪っ子が生まれてからというもの、妹はその世話に追われ、慌ただしく、まともに話をする時間が取れなかった。母親となった妹は、赤ん坊を抱き、揺らし、なだめ、合間に私と会話をして、さらにその合間に封筒に入った現金を受け取っていた。

「あっちも、見よっか」

妹が立ちあがり、ベビーカーを押しながら、歩き出す。

帰りを告げるタイミングを逸《いっ》して、私もそのあとを追う。

クリスマスツリーの向こう側には、緑豊かなドイツの風景を再現したジオラマ模型があり、ミニチュアの機関車が走っていた。

ちびっ子たちがミニチュアの機関車に乗って、手を振っている。大人たちはカメラを向け、その楽しげな笑顔を写真や映像に収めるのに夢中である。

「せっかく連れて来たったのに、なんで、寝てるんやろうな、この子は」

残念そうに妹がつぶやく。ついさっきは「寝てくれて助かった」と言っていたのに。

もし、姪っ子が起きていれば、妹も幸せそうな顔をして、ミニチュアの機関車に乗る我が子を撮影していたのだろう。

妹も三十を過ぎても結婚する気配がなかったので、私とおなじく一生独身のつもりなのだと勝手に考えていた。

私と妹のあいだに、なにか約束があったわけではない。

でも、当然、妹だって結婚したり、子供を作ったりするわけがないと、信じていた。

「見て、お菓子の家！　めっちゃかわいい！」

妹がはしゃいだ声をあげる。

カラフルなキャンディやチョコレートやクッキーで飾られた小屋のなかで、ドイツ人の菓子職人が本物のお菓子の家を組み立てている。

妹はお菓子の家を模した小屋のそばに、ベビーカーを寄せた。そして、眠っている姪っ子と一緒に写真を撮る。

「撮ろうか？」

ふたりで写してあげようと思ったのだが、妹は首を横に振った。

「ううん、いい」

子供のころ、妹は写真を撮られるのが好きだった。私とちがって容姿に自信があり、写真映《ば》えする笑顔やポージングも研究していた。

それが、いまは自分が撮られるより、我が子の記録を残すほうに気持ちは向いているようだ。

「お姉ちゃん、お土産は？」

妹の声を聞きながら、私は粉砂糖をまぶしたシュトーレンを見つめる。

「うーん、なにか買おうとは思ってるんだけど」

いくら日持ちがするといっても、シュトーレンをひとりで食べ切ることはできないだろう。ずっしりとしたシュトーレン。粉砂糖たっぷりで、とても甘そうだ。一切れくらいなら食べたいけれど、すぐに飽きてしまうことがわかるから、購入するのをためらってしまう。

「あたし、さっきのお店で、クッキーを買ってくるわ」

妹はそう言うと、お菓子の家に似た小屋のところに引き返して、ハート形のアイシングクッキーをたくさん購入した。

「ママ友にも配ろうと思って」

ベビーカーの持ち手の部分には荷物を引っ掛けるためのフックがついており、妹はそこに買ったばかりのクッキーの袋を吊《つ》り下げる。

妹が歩き出したので、私も並んで歩く。

さまざまな店を眺めるが、欲しいものは見つからない。

クリスマスマーケットの会場はさほど広くはなく、しばらく歩いているうちに、ぐるりと一周して、元の場所に戻ってきた。

用も済んだので、そろそろ帰ろうと思っていたら、妹が口を開いた。

「帰りの新幹線って、券、買った？」

「ううん。来たやつに乗るから」

「やったら、まだ時間いけるよね」

妹の考えが読めなくて、返答に困る。

「せっかくやし、もうちょっと散歩しよう」

クリスマスマーケットの賑わいから離れ、妹はひっそりとした道を進んでいく。

妹が生まれる前のことは、あまり記憶がない。

はたと気づいたときには、妹がいた。私のあとを追いかけてくる、ちいさな妹。私が階段に登れても、妹はまだ登れなかった。私が絵本を読めても、妹はまだ読めなかった。私が小学校に入っても、妹はまだ入れなかった。だから、階段を登るときには手をひいてあげて、絵本を読んであげて、小学校の話を聞かせてあげた。

けれども、三歳差というアドバンテージなんて、大人になってしまえば関係なくなる。

妹はベビーカーの持ち手をしっかりと握って、歩きつづけている。

ずっとベビーカーを押していたら、疲れないだろうか。

だが、代わろうかと言い出すこともできず、私は妹とどこまでも歩く。

3

黙々と歩いて、妹がやって来たのは、淀川《よどがわ》の河川敷だった。

河川敷といっても、アスファルト舗装されており、ベビーカーでも問題なく進むことができる。

「いまやったら、夕日が綺麗かなと思って」

足を止めて、妹が顔をあげた。

私もおなじように、顔をあげて、風景を味わう。

パノラマの開放感。近代的なビル群の上に、たくさんの余白がある。たなびく雲。茜《あかね》色に染まる空。オレンジ色の光を反射する川面《かわも》。

妹が見ているものを、私も見ている。

「淀川って、ほんま、おっきいよね」

感嘆したような声で言う妹に、私も同意する。

「ほんまにな」

暮れゆく空が、どこまでも広く見える。

こんなところにわざわざ連れて来て、いったい、妹はどんな話を切り出そうとしているのか。

私は身構えるが、妹はなにも言わない。

ベビーカーの持ち手を握り、立ち止まったまま、ぼんやりと空を眺めている。

犬を連れたひとやランニングをしているひとが、近くを通りすぎていく。

しばらくして、妹はまたベビーカーを押して、河川敷を進み出した。

どこ行くん？

そう訊ねることすら、私にはできない。

昔はなんでも語り合ったのに。

ふたりで布団に包《くる》まって、夜が更けてもひそひそといろんな話をした。

寄《よ》る辺《べ》ないふたりだった。

ほかに頼るひとはいなくて。

なのに、私は東京に行ってしまった。妹を残して。

挙句、帰らなかった。

母親の葬式のときでさえも。

暗くなってきたが、日が落ちても、あまり寒さは感じない。

厚着をしてきたので、歩いていると、汗ばむほどだ。

「いつも、こんなに寝てるん？」

姪っ子を見ながら訊ねると、妹は答えた。

「今日はちゃんと昼寝せえへんかったから。だいたい、二時間くらいは昼寝してるかな。変な時間に寝たら、夜になかなか寝えへんから大変やけど、中途半端に起こして外でぐずられても、それはそれで大変やし。だから、歩きたいっていうのもあって」

どちらにしろ、子育てとは大変なものであるようだ。

そりゃ、そうだろう。

ひとをひとり、きちんと育てるなんて、そんな重責は負える気がしない。

どんどん進んでいくと、遊歩道のような場所があった。ススキと思われる植物が茂り、小川が流れている。

「あれ、ザリガニ釣りしてるんちゃう？」

妹が指さした先に、黒い人影があった。

小学生くらいの男の子が、細長いひもを手に持ち、水面に垂らしている。おそらく、あのひもの先には、エサとなるものがつけられているのだろう。ちくわとか、スルメとか、ザリガニの剝《む》き身とか。

ザリガニ釣りのやり方は、父親に教えてもらった。

高層ビルが立ち並ぶ梅田のすぐ近くで、ザリガニ釣りをしている男の子。

昭和の時代は、とっくに過ぎ去ったというのに……。

――ケツの穴から手ぇ突っこんで奥歯ガタガタ言わしたろか！

ふいに、怒鳴り声が聞こえた気がした。

幻聴だ。

いまどき、こんな脅し文句を使う人間はいないであろう。

私が子供だった時分でも、本当に言っていたのかは定かではない。

だが、これは父親の声だ、と私にはわかる。

若かりしころには借金の取り立て屋をしていたという父親。私が大阪弁を使う男性を苦手だと思うようになった元凶。

私が物心ついたころには、父親はグレーな金融業からは足を洗い、サービス業に就いていた。それまでは相手を威圧して怒鳴りつけて脅せばよかったのが、お客様の顔色をうかがって気を遣わなければならなくなり、かなりフラストレーションが溜《た》まっていたようだ。

外の世界で、プライドを傷つけられ、手ひどく痛めつけられていた父親は、家に帰ると、母親を殴った。

水が低き場所へと流れるように、暴力は弱き者へと連鎖していく。

配偶者から理不尽な暴力を受けていた母親は、その分、子供たちを傷つけた。

夕闇があたりを包み、ビル群に明かりがともる。

淀川にかかる大きな橋。

川の向こう側とこちら側をつなぐ橋。

その手前で、妹が足を止めた。

「橋の下で拾った子供」

ふいに、妹がつぶやく。

「ちいちゃいときに、お母さんから、そんなふうに言われたことあったん、覚えてる？」

脳裏に、いつか聞いた母親の言葉が蘇《よみがえ》る。

――あんたは、うちの子とちゃう。橋の下で拾った子なんや。

言われていたのは、妹だ。

私はそれを見ていた。

自分が言われた記憶はない。

「ああ、そんなこともあった気がする」

妹が母親に怒られていたときのこと。

あれほどまで母親が激怒していた理由はなんだったのだろう。妹がなにか失敗したからだと思うが、きっかけは思い出せない。自分ではなく妹がきつく叱《しか》られているなんて珍しいことだと思いながら、私はそれを見つめていた。

たいていの場合において、母親に強く叱責《しっせき》を受けるのは、年上の私であった。きょうだい喧嘩《げんか》で、妹のほうに非があっても、必ず「お姉ちゃんなんだから」と言われて、こちらが叱られた。

私のやることなすこと、母親は気に入らないようだった。私が怒られているすがたを見て、妹はどうすれば自分に火の粉がふりかからないかを学び、要領よく育っていた。

「お姉ちゃんは、そんなふうに言われたことなかったのに」

妹の言葉に、私は記憶を辿る。

「そうだっけ？」

「うん。お姉ちゃん、よく怒られてたけど、橋の下で拾った子だって言われたんは、あたしだけ」

母親はくどくどと文句を並べ立て、これまでに妹がした悪いことを引き合いに出して、人格を否定するような言葉で罵倒した。怒るほどに苛立ちは募《つの》るようで、機嫌は一向に直らず、子供を躾《しつ》けるために叱っているのではなく、もはや、腹立ちをぶつけているようにしか見えなかった。

母親の感情がヒートアップすると、物差しが出てきた。三十センチの物差し。母親が子供のころ、自分の母親に叱られるときには、布団叩きを使われたそうだ。私たち姉妹は、竹製の物差しだった。

そして、叱責が一段落したあと、怒り疲れたのか、母親は声のトーンを落として、言い放った。

――あんたは、うちの子とちゃう。橋の下で拾った子なんや。

親子の絆《きずな》を断つ言葉。

妹が目にいっぱい涙を溜め、くちびるをわなわなと震わせているのを見て、私も胸が張り裂けそうだった。

妹が橋の下で拾った子ならば。

自分とは、血のつながりのない姉妹ということになってしまう。

その可能性を考えると、悲しくて仕方なかった。

あるいは、私も、妹といっしょに、橋の下で拾われたのだろうか。姉妹そろって、捨てられていたというのなら、まだ救いはある。むしろ、どこかに血のつながりのある本当の両親がいるのだということは、一筋の明るい希望ですらあるかもしれない。

そんなことを考えたような気がする。

しかし、それは、いま、思い出しているときに考えた事柄であって、当時、子供だった私がどんなふうに考えていたのかは定かではない。

ただ、いまにも泣き出しそうな妹の表情は、くっきりと鮮明に覚えていた。

「めっちゃ、ショックやったんよね」

それは知っている。

だれよりも近くで、見ていたから。

「よう考えたら、そんなわけないやん？　あきらかに作り話やのに、なんでか知らんけど、信じたんよね。そんで、傷ついた。アホみたい」

高架下の暗いところを見つめながら、妹が淡々とした口調で話す。

「あんな親やのに。逆に、拾われてきた子やったほうが、よかったやん？　ショックやったことに、ショックやったわ。あんな親でも、本当の親とちゃうと思ったら、ショックを受けるくらいには、好きやったんかな……」

母親が死んだのは、妹に子供が産まれる一年前だった。

事故死だった。

連絡を受けた翌日にどうしても抜けられない仕事があり、私は大阪に帰らなかった。

妹が葬儀の手配など、さまざまなことをひとりで行った。

ただ大阪にいたからというだけで。

私のほうが年上なのに。

私のほうがお姉ちゃんなのに。

親の葬式よりもコンペを優先したことは、会社では好意的に解釈され、上司からお褒《ほ》めの言葉をいただく結果となった。いい根性だな、見直したぜ。俺も親の死に目には会えなかった。本気で仕事をするってのは、そういうことだ。得意そうに語る上司に、私はただ「はあ……」と気の抜けた返事をするしかなかった。

本当は、逃げただけだ。

過去と向き合いたくなくて。

心を乱されたくなくて。

すべてを、妹に押しつけた。

「子供のとき、橋の下で拾った子やって言われて、嫌やったから、もし、自分が親になったときには、子供には絶対に言わんようにしようって思っててん」

「うん」

妹が選んだ道は、私とはちがう。

私はそもそも、自分が親になるという未来を想定しなかった。

「でも、言ってもうたんよね、こないだ」

妹の視線が、ベビーカーへと落ちる。

姪っ子は毛布に包まり、まだ眠っている。

「ももが、あんまり、わけわからんこと言うて、だだをこねるから、こっちもイライラして……。そんで、つい、ぽろっと」

そういう状況になるのが、目に見えていたから、私は家庭を持つということを自分の人生の選択肢に入れなかった。

「もも、めっちゃ、泣いた。本気で、悲しんで、ショック受けて、傷ついてるのんが、わかって、そしたら、なんでやろ、こっちは笑い出したいみたいな気持ちになってん」

妹は静かな声で、淡々と話す。

「自分の子が、傷ついて、悲しがってんのに、めっちゃ、心が、すかっとした。最低やろ？」

私は黙ったまま、妹の言葉を受け入れる。

「嬉しかってん。自分の子とちゃうって言うたら、ももが、泣いてくれんのが。ちっちゃくて、なんもでけへんで、あたしに頼るしかない、この子のことが、可哀想で、かわいくて、かわいくて、たまらへんような気持ちになった」

やはり、どんなに思い返してみても、自分が、件《くだん》のセリフを母親に言われた記憶がない。

私に言っても効力がないということを、母親もわかっていたのだろうか。

「権力者って、気持ちええもんやなあって、初めて実感した。そりゃ、みんな、上の立場になりたがるわけやわ」

母親は即死だったそうだ。

父親の運転する車が事故に遭《あ》ったとき、母親も助手席にいた。

母親は命を失ったが、父親は体の自由を失ったものの、死にはしなかった。

妹は時折、父親のもとを訪れる。私が父親を見舞うことはない。私がクリスマスプレゼントとして妹に渡す現金は、父親を生かすために使われている。

「えらいな」

妹に対して、心からそう思ったので、素直に口にした。

「子供のためやとか、躾やからって、言い訳せえへんところ、えらいと思う」

私の為《な》し得なかった偉業に、妹は取り組もうとしている。

「お姉ちゃんのおかげやで」

思いがけない言葉に、私は首を傾《かし》げた。

「なんで？」

「お父さんがお母さんをいじめて、お母さんがお姉ちゃんをいじめて、お姉ちゃんがあたしをいじめてたら、あたしは学校のだれかをいじめてたと思う」

どこかマザーグースの歌を思わせるような響きで、妹は言う。

「でも、お姉ちゃんはあたしをいじめへんかった。だから、あたしは、だいじょうぶ」

妹は顔をあげると、自分を勇気づけるように言った。

「人間って、弱い者いじめとかを楽しく感じるようにできてるんちゃうかなって思う。

親が子供を傷つけて、暗い喜びを感じることがあるんだって、理解できてしもうた」

どこかで、ばちゃばちゃと水音がした。

川岸に、なにかいるみたいだ。

動物のような、なにか。

「だから、そっち側に落ちへんように、気をつけるねん。お姉ちゃんも、あたしのこと、見てて」

橋の上を、電車が通り過ぎる。

その轟音《ごうおん》で姪っ子が目を覚まして、母親を求めて泣き声をあげた。

妹は優しい目をして、そちらへと手を伸ばした。

さよならホームラン

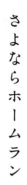

1

あたしに弟ができたのは、去年の春のことだ。

それから、だいたい毎週、日曜日には淀川《よどがわ》の河川敷で、弟が出ている少年野球の試合を見ている。

弟は小学四年生で、あたしより二つ年下。ポジションはショート。日本語では「遊撃手」というらしい。守るときには、二塁と三塁のあいだのちょっと後ろのほうに立って、きょろきょろしたり、うろちょろしたりしている。

「ショートはな、塁にとらわれず、自由に動きまわれるから、遊軍ってことなんや」

お父さんがそう説明してくれたけれど、そもそも、遊軍というのがなんなのか、よくわからなかった。

「ある意味、もっとも野球のセンスが必要とされるポジションやと言えるな。それを四年生で任されるなんて、大したもんやで」

お父さんはベタ褒《ぼ》めしていたが、弟がそんな重要なポジションについているのは、本人の能力がどうこうというよりも、チームの人数が少ないからではないかと思う。

弟のチームはあまり強くない。勝ちにこだわるのではなく、楽しむことを第一にしているみたいだ。たまに練習試合で強いチームと戦うと、打たれまくって、びっくりするくらい点差が広がることがある。

でも、今日の対戦相手とは、そんなに力の差はなさそうだ。野球にくわしくないあたしでも、相手チームの動きを見ていると、おなじくらいのレベルだということが、なんとなくわかる。打ちやすそうなボールを空振りするし、フライは落とす。どちらも下手《へた》だから、一方的には負けないだろうと、安心して見ていられた。

ユニフォームを着てグローブをはめた弟は、あたしたちのことなんかまったく気にしていない。バッターをじっと見て、ボールが打たれると、ぱっと体を動かす。右へ、左へ、前へ、後ろへ。それはボールの飛んでくる方向だとは限らない。そして、たいていの場合、ボールはほかのポジションの子が捕らえて、弟のグローブに触れることはない。

なんか無駄な動きが多いなあ……あんなに頑張らんでもええんとちゃうん……とか思わなくもないけれど、弟はずっとボールを懸命に見つめ、ぴょこぴょこと体を動かす。

今日はほとんど風がない。

グラウンドの向こうにはススキが茂り、川が流れている。淀川の流れはゆるやかで、まるで動いていないみたいだ。川の向こう岸には、ビルやマンションが見える。青い空が広がり、ずっと向こうには、うっすらと山のかげも見える。

空が広々しているから、ボールはどこまでも飛んでいけそうな感じだけれども、そんなに高くあがることはない。というか、打ちあがることすら、めったにない。ボールはごろごろと転がって守備の子のグローブの横をすり抜けたり、小石や土のでっぱりにぶつかって思わぬ方向にバウンドしたりと、地面の近くにいる時間が多い。

弟たちが野球をしているのは、河川敷に広がる原っぱの一部を整備して造ったようなグラウンドだ。選手たちが動きまわるところは茶色だけれど、まわりには雑草がたくさん生えている。淀川沿いには、ほかにもグラウンドがいくつかあり、少年野球のチームだけじゃなく、大人のチームも試合をしていた。

弟ができるまで、淀川の河川敷には一度も来たことがなかった。車でも結構な距離だし、根っからインドア派のあたしを親もあえて連れて行こうとは思わなかったのだろう。

自分がこんなところで野球を見ているなんて、いまだに不思議な感じだ。

どちらかというと、野球はあまり好きじゃなかった。楽しみにしていたテレビ番組がプロ野球中継のせいで見られないときには、いらつくというか、邪魔な存在だった。テレビで流れている試合をちらっと見た感じでは、野球の面白さというものは、まったく理解できなかった。プロ野球選手に対する憧れもなく、ただ棒で球を打つのが上手なだけで年俸《ねんぽう》何億円とかもらえるなんて意味わからへんわ……と否定的な気持ちでいた。

野球を応援しているひとたちに対しても、なぜそんなに盛り上がっているのかさっぱりわからず、いい大人が点差や試合の結果に一喜一憂して馬鹿みたい……としか思えなかったのだ。

いまでも、基本的にその考えは変わっていない。野球の面白さは理解できないまま。野球がうまいからといって、人類の役に立つとは思えない。

けれど、弟の出ている野球の試合を見るのは嫌いではなかった。

「足、疲れてない?」

隣に立っているリカコさんに声をかけられ、あたしは一瞬、びくっとする。

「あ、はい、平気です」

「そう? 疲れたら、遠慮しないであっちで休んでもいいからね」

リカコさんが視線を向けた先には、レジャーシートが敷いてあり、アウトドア用の折り畳み椅子なども置かれていて、小さな子たちが遊んでいた。そこにいるのは妹や弟たちばかりで、あたしとおなじ「姉」という立場の子はひとりもいない。まだ留守番のできない子たちは連れてくるしかないが、年上のきょうだいは練習試合の観戦になんて来ないのだろう。

あたしだって、もし、普通の家の子だったら、たぶん、毎週わざわざ弟の予定につきあったりはしないんじゃないかと思う。

お父さんとリカコさんが再婚したことにより、あたしたちはいま、新しい家族のかたちを作ろうとしている真っ最中なのだ。

弟は小学一年生のときから野球チームに入っていたらしく、毎週、リカコさんは送り迎えをしていた。そこにお父さんも加わった。三人が野球のために出かけるのに、あたしだけ「行かへん」とか言って、勝手な行動をするのはどう考えても態度が悪い。すねてるみたいというか、家族になることをこばんでいるようにすら思われかねない。

あたしは協調性がある人間ではないけれど、どうせなら、うまくやっていきたいと思っている。

リカコさんたちとはいっしょにご飯を食べたり、USJに遊びに行ったりして、そういう雰囲気は感じていたので、再婚の話を切り出されたときも、特に驚いたりはしなかった。いたってクールに「お父さんの好きにしたら。あたしはべつにどっちでもいいし」と答えたのだった。

両親の離婚で、あたしはすでに学んでいた。

子供というものは、大人の都合に振りまわされるしかない存在なのである。

いちいち気にしたところで、どうしようもない。

両親が離婚したのは、あたしが小学三年生のときだった。お母さんがパートに行くようになり、急にお洒落《しゃれ》になり、お父さんと口論を繰り返すようになり、あたしは空気が読めるほうなのですぐに事情を察した。お母さんは家を出ることを決めたのだが、あたしはそれにはついて行かず、そのままお父さんと暮らすことを選んだ。お母さんは傷ついたような、ほっとしたような顔をしていた。お母さんとはいまでも年に何回かは会って、おいしいものを食べたり、プレゼントをもらったりする。お母さんと会う日は楽しみではあるのだけれど、正直、あたしのなかには許せないという気持ちもある。離婚の原因を作ったのはお母さんだ。お母さんが全面的に悪い。お父さんと離婚して一年も経《た》たないうちに、お母さんは浮気相手と再婚した。

だから、リカコさんの存在を知ったとき、お母さんだってほかの相手と再婚してるんやから、お父さんが再婚してもええよな、うん……と思ったのだった。

ただ、ふたりが再婚することと、あたしがリカコさんのことを「お母さん」と呼べるかどうかは別問題なので、そこは期待をしないでほしい、とは伝えた。

お父さんがお母さんと離婚することになり、リカコさんとの再婚を決めるまでの二年間、あたしたちの生活はいろいろと大変だった。お父さんは仕事で疲れて帰ってきたあとに、料理を作ったり、掃除をしたりしなければならなくて、とにかく忙しそうだった。あたしもできることはなるべく自分でやるようになった。ご飯を炊くとか、お風呂を洗うとか、給食エプロンにアイロンをかけるとか……。おばあちゃんが手伝いに来てくれるときもあったけれど、遠くに住んでいるからあまり頼ることはできなくて、ふたりでどうにかするしかないと思っていた。

なので、リカコさんとの再婚については、あたしのなかでは「助かった」という気持ちが大きかった。お母さん的な役割をしてくれるひとが家にいるというのは、生活をしていく上で、とても助かるものだ。

でも、だからといって、生まれてからずっと「お母さん」と呼んでいたひとがいなくなって二年くらいで、新しく家に来たひとをそう呼ぶのは難しい。その複雑な心境をリカコさんも理解してくれたようで、呼び方の問題で揉《も》めることはなかった。

親の離婚も再婚も、あたしにとってはクラス替えみたいなものだ。環境が大きく変わっても、そのうち慣れる。

それに、再婚による変化は、あたしよりも、弟のほうが大きかった。リカコさんと弟はたくさんの荷物といっしょに、お父さんとあたしの暮らす家へと引っ越しをしてきた。再婚により、弟は転校しなければならなかったのだ。でも、この野球チームは変わらずに済んだ。

ピッチャーが投げる。バッターがボールを跳ね返す。ボールはまさに弟のいる方向へと飛んでいく。弟は顔をあげ、グローブをはめた手を高く伸ばすが、届かない。ボールは弟の背後に落ちて、転がっていく。弟は振り向き、あわててボールを追う。

「ドンマイ！」

リカコさんが声をかけるのと同時に、お父さんも言った。

「ドンマイ！」

声が重なり、ふたりは顔を見合わせると、照れ笑いを浮かべた。

お父さんが幸せそうなのは、いいことだ。

離婚のことで心を悩ませていたときには、すごく落ち込んで、痛々しいほどだった。表情はいつも暗く、眉間《みけん》にしわが刻まれていた。それが、リカコさんと出会ったことで、明るさを取り戻すことができたのだから、あたしにとってもうれしいことである。

しかし、まあ、そうは言っても、この状況は気恥ずかしいというか、あまり楽しいとは言い難い。リカコさん、あたし、お父さんの順に並んで立っているので、あいだに挟まれた身としては、お熱いふたりの目配せに、居心地の悪さを感じてしまう面はある。内心、面白くない気分になりつつも、それをふたりに気づかれないよう、私は野球の観戦に集中しているふりをする。

弟のミスで追加点を許してしまったが、試合自体は弟のチームが勝利した。選手たちは整列して、挨拶を交わす。

Tの字のかたちをしたトンボと呼ばれる道具で地面を整え、ミーティングを終えると、弟は帰り支度をして、こちらへと駆け寄って来た。

「お菓子、もらった」

弟の手には、ワッフルがあった。

「だれのママから？　手作りかしら」

リカコさんは弟から名前を聞き、お菓子をくれた保護者のところへお礼を伝えに行く。

「はい、はんぶん、あげる」

弟はワッフルを真ん中で分けて、ふたつにすると、こちらに差し出した。

「え、あ、うん、ありがとう」

これは頑張った選手へのご褒美《ほうび》みたいなものだろうに、ただ見ていただけのあたしが食べてもええんかな……とためらいつつも、せっかく弟がくれると言っているのに断るのも悪い気がして、素直に受け取った。

ワッフルを持つと、手がべたべたした。

食べると、想像以上に甘く、砂糖がじゃりっと音を立てた。

「おいしいね、お姉ちゃん」

「うん」

弟から「お姉ちゃん」と呼ばれるたび、あたしはいまだに落ちつかない気持ちになる。どきりとして、そわそわして、でも、嫌ではなく、くすぐったいような感じなのだ。

「今日の試合、どうやった？」

どうと訊ねられても、野球のルールすらまだ完全には覚えきれていないので、こう答えるしかない。

「かっこよかったよ」

弟はにこにこと笑みを浮かべて、スキップするような軽い足取りで河川敷を歩き出した。

2

翌週の日曜日は野球が休みだったので、あたしとリカコさん、弟とお父さんという組み合わせで、出かけることになった。

お父さんたちは弟がはまっているアニメの映画を観に行くらしい。それから、ふたりはキャッチボールをするのだろう。そういうベタな「休日の父と息子のすがた」みたいなものに憧れを持ち、実行できてしまうタイプなのだ、あたしのお父さんは。

出発直前になって、弟は帽子が見つからないと言い出した。

「ここにあると思ったのに。おっかしいなあ。どこ行ったんやろ」

弟はよく物をなくす。水筒をどこかに置き忘れることはしょっちゅうで、鉛筆や消しゴムがものすごい勢いで消えていく。

「リュックに入れっぱなしになってへん？」

あたしが言うと、弟はリュックサックを開けて、ごそごそとなかを探り、帽子を取り出した。

「あった！　ほんまや！」

帽子を片手で掲げ、弟は驚いたように言う。

「すごーい。お姉ちゃん、なんで、わかったん？」

弟は帽子を被《かぶ》ると、きらきらした目であたしを見あげた。

「いつものことやん」

照れ隠しに、あたしはそっけなく言う。

「用意できたか？」

お父さんが居間の棚から車のキーを取って、弟に声をかける。

「できた！」

弟はそう答えて、お父さんのそばに寄った。

ふたりの外見は似ていない。目も、口も、鼻も、お父さんとおなじところを見つけることはできない。血がつながっていないのだから当然だろう。

弟はくっきりとした二重まぶたで、リカコさんにそっくりだ。

「それじゃ、先に出るよ」

お父さんは上着を羽織りながら、コーヒーを飲んでいるリカコさんに言った。

「ええ、行ってらっしゃい」

リカコさんはお父さんに微笑《ほほえ》みかけたあと、弟のほうへと視線を向ける。

「楽しんでおいで」

「うん！」

弟は映画が楽しみでたまらないといった様子で、お父さんについて行く。

リカコさんはまだ着替えてもいない。家を出るまではまだ時間がありそうなので、あたしはリビングのソファーに寝転んで、本を読むことにした。

洗濯機からピーピーと音が響く。脱水が終了したのだ。あたしは反射的に立ち上がろうとする。だが、それより先にリカコさんが洗濯機のほうへと向かった。

お父さんがお母さんと離婚したあと、休みの日に洗濯をするのはあたしの役目だった。

暑い日も寒い日も、ベランダに出て、せっせと洗濯物を干していた。

それが、いまはあたしがやらなくても、リカコさんが洗濯機の蓋《ふた》を開け、洗濯物を取り出して、ベランダへと干しに行ってくれる。

お母さんがいたときには当たり前だと思っていたことも、リカコさんにやってもらうと感謝しなくちゃいけないな、という気持ちになった。

「ちょっと待ってね。これ、干し終わったら、すぐに準備するから」

リカコさんに声をかけられ、あたしは思わず身を起こす。

「手伝いましょうか？」

「それなら、室内干しする分だけ、お願いできるかしら」

あたしは立ちあがり、任された分を干していく。リカコさんはブラジャーを型崩《かたくず》れを防ぐため専用のボールのようなかたちのネットに入れて洗っていた。細かな刺繍《ししゅう》のされた高級そうなブラジャーで、どぎまぎしながら、それを手に取り、ピンチで挟む。あたしもいつか、こういうものを身につけるのだろうか。想像してみるけれど、どうもしっくりこない。お母さんの洗濯物だって見たことはあるはずなのに、どんなブラジャーを使っていたかは思い出すことができなかった。

洗濯物を干したあと、リカコさんはお化粧をして、着替え、外出の用意を整える。

「さあ、行きましょうか」

あたしはリカコさんと梅田《うめだ》をぶらつき、洋服を見ることにした。

どちらかというと内向的なあたしは、学校でも女子のグループに入っておしゃべりするより、ひとりで本を読んでいたいタイプである。ファッションにも興味はないのだが、リカコさんが女同士の楽しみと考えている以上、試着も面倒がらず、笑顔でつきあう。

「うん。いいね。やっぱり、そのスカート、すごく似合う」

試着室のカーテンを開けると、リカコさんはあたしを見て、満足そうにうなずいた。

リカコさんはセンスがよくて、ブランドにもくわしい。おかげで、最近のあたしは学校でオシャレさんあつかいされるようになり、イケてるグループの女子たちから親しげに話しかけられ、戸惑ったのだった。

「そろそろ、お茶にしない?」

「そうですね」

「パンケーキ、食べましょうよ。パンケーキ」

リカコさんおすすめのカフェに行くと、店内のお客さんはほとんど女性だった。

アイスティーを飲みながら、リカコさんが言う。

「学校はどう?」

「べつに問題はないです」

「そう。お友達ともうまくやれてる?」

「はい」

「前にも少し話したけれど、受験は考えてないのよね?」

「友達もだいたい地元の中学に行くし、私立とか考えてる子は少なくて」

「せっかくお勉強がよくできるのに。塾の先生にも薦《すす》められたのでしょう？」

「でも、友達といっしょの学校に行きたいので。リカコさんは小学生のときは外国で、中学の途中から日本に戻ってきたんですよね？」

「ええ。帰国子女枠で編入して、そのまま大学まで行っちゃったのよね。だから、本当のことを言うと、こっちの受験システムはよくわかっていないのだけど」

リカコさんは幼稚園のころに親の仕事の都合でロンドンに行き、その後も海外を転々として、中学生のときに東京に戻ってきたのだそうだ。それからはずっと日本で暮らしているが、英語はペラペラで、仕事でも外国の企業とのやりとりが多いらしい。東京で結婚をして、男の子が生まれたあと、離婚して、転勤で大阪に引っ越してきた。大阪に来たのは、弟が五歳のときだ。リカコさんの前の夫、つまり弟の父親だった人物のことはよく知らない。

「大学も受験しなかったんですか？」

「そうなのよ。内部推薦だったから面接だけで」

「すごいですね」

「逆よ。すごくないの。ちゃんと受験勉強しなかったっていうことなんだから。東京のママ友とかの話だと、みんな、受験のために四年生くらいから塾に通わせているみたいなのよね。そのあたり、関西だと感覚がちがうのかしら」

「家がお金持ちの子は私立も考えるみたいですけど、私の友達は塾に行ってる子も少ないですし。大学でお金がかかるかもしれないので、中学高校は公立で安くすませたほうがいいかと」

「もう大学のことまで考えてるの？」

リカコさんは大袈裟《おおげさ》に目を見開いて、笑いながら言った。

「しかも、学費の心配もしてるなんて。ほんと、女の子ってしっかりしているから、びっくりするわ」

ついロが滑って、余計なことを話してしまった。

「大学はどういうところを目指しているの？」

案の定、詮索《せんさく》されてしまう。

できるなら自分のことはあまり語りたくなかった。けれど、隠していると思われたくもないので、訊《き》かれた以上は話すしかない。

「医学部を目指してるんです」

「あら、素敵。お医者様になりたいなんてすごいじゃない」

「研究の道に進みたいんです。新薬の開発をしたくて」

「それはなんとも素晴らしいわね。どうして、そんな夢を持つようになったの？」

「特にきっかけとかがあるわけじゃないんですけど……。どうせ仕事をするなら、人類の役に立つようなことをしたいと思って」

「そうね。その気持ちは、わかるわ」

リカコさんはかなり優秀なキャリアウーマンなのだと思う。もしかしたら、お父さんよりも給料が多いのではないだろうか。

そんなことを考えながら、パンケーキを食べる。パンケーキはふかふかで、生クリームとブルーベリーのソースがたっぷりかかっていた。

「医学部を目指すくらいなら、知っているとは思うけれど……」

パンケーキを食べる手を止めると、リカコさんがこちらを見た。

「女の子は年頃になると、おなかから血が出たりするの。でも、それはだれにでも起こる自然なことだから、驚いたり、怖がったりしなくていいから。不安なことがあったら、なんでも私に相談してね」

いきなり切り出された生理の話に、あたしは恥ずかしくて、耳や頬が熱くなった。どんな顔をしていればいいのかわからず、うつむいたまま、フォークでブルーベリーを突き刺す。

言われなくても、もちろん知っていた。学校でちゃんと教えてもらったのだ。

もし、そういう状況になったときに、お父さんに話すのと、リカコさんに話すのでは、どちらがマシだろうか。気まずさでいうと、どちらも変わらない気がした。

「あの、わかってます」

「それなら、よかったわ」

リカコさんは素敵な女性だし、打ち解けようとしてくれている。なのに、あたしはリカコさんのことを好きになれない。決して嫌いなわけではないが、心を開こうという気にはなれないのだ。

そして、たぶん、リカコさんもそれに気づいているのだろう。どんなに笑顔で話していても、あたしたちのあいだには常によそよそしい空気が流れている。

「結構、いい時間ね。デパ地下でお惣菜《そうざい》でも買って帰りましょうか」

そう言いながら、リカコさんはスマホの画面を指で撫《な》でる。

「あら、夕飯は用意してくれたみたい。バターチキンカレーです、だって」

スマホの画面を見て、お父さんからのメッセージを読みあげる。

リカコさんはあまり料理が得意ではない。できないということはないのだが、自分で作るよりも、外食のほうが好きなようだ。

あたしたちはデパ地下で、彩りの綺麗なサラダを買って、電車に乗る。

玄関を開けると、スパイシーなカレーの匂いが漂ってきた。

「ただいまー」

「お帰り、ママ、お姉ちゃん！　ぼくもカレー作るの、手伝ったんだよ」

キッチンから顔を出して、弟が得意げに言う。

あたしは手を伸ばして、弟の頭をよしよしと撫でた。

弟の髪型は短いスポーツ刈りなので、ざりざりとした感触が伝わってくる。心地よい手触りで、動物を撫でているみたいだ。

もし、リカコさんがひとりだったら、再婚に反対したかもしれないな、とふと考えた。リカコさんに息子がいなければ、あたしはお父さんを取られるのが嫌で、ライバル心のようなものを感じたのじゃないかと思う。お父さんとリカコさんとあたしの三角関係みたいな感じで……。けれど、新しい家族のかたちは三ではなく、二対二だった。弟がいるおかげで、バランスが取れている。あたしがお父さんを取られたようで淋しいというのなら、弟にもリカコさんを独り占めできなくなった淋《さび》しさはあるわけで、おあいこだ。

あたしと弟は、それぞれ、おなじ分だけ失い、おなじ分だけ手に入れた。

3

中学生になっても、あたしは変わらず、弟の野球を見るため、河川敷に行った。再婚したばかりのころとはちがって、単独行動を取っても許される雰囲気にはなっていたけれど、なんとなくそうしたかったのだ。

野球というスポーツの面白さに目覚めたわけではない。細かいルールは覚えきれないままであり、試合の勝ち負けもどうでもよかった。弟の活躍すら、大して気にしていなかった。応援するのではなく、ただ、野球を見る。

弟は特に体格に恵まれているということもなく、野球の才能があるとは思えないのだけれども、週末の試合や練習を楽しみにしており、雨だとがっかりしていた。

「今日は降らなくてよかったね」

あたしが言うと、弟は「うん！」と屈託なくうなずく。

ここ最近は週末の天気が崩れることが多く、今日も予報では傘マークがついていたので心配していたのだ。

いまのところ、晴天とは言いにくいものの、降りそうな気配はない。

いつものようにグラウンドの脇に立って、弟の試合を眺めようと思っていたら、リカコさんに声をかけられた。

「少し歩かない？」

あたしはちらりとお父さんのほうを見る。

お父さんはこちらに背を向け、野球が始まるのを待っているようではあったが、リカコさんとあたしのやりとりを気にしているのは明らかだった。

「いいですけど」

あたしとリカコさんは並んで歩き出す。

土手の雑草は刈り取られたばかりで、むせ返るような青々とした匂いが漂っていた。

グッドニュースではないのだろうな、と思う。

リカコさんは、言いにくいことを口に出さなければならないひとの演技をしているみたいだった。

弟たちの試合が始まったらしく、背後から「礼!」「お願いします!」と挨拶をしている声が響いてきた。

しばらく無言のまま歩いていたが、リカコさんはついに口を開いた。

「ドバイに行くことになったの」

その単語を聞いても、すぐにはぴんとこなかった。

ドバイ? え? ドバイって?

一瞬、野球の専門用語かと思う。シンカーとか、スクイズとか、野球には聞き慣れない言葉が出てくる。だが、ようやく理解する。場所の名前だ。すごく遠い国の……。

「旅行とかじゃなく、転勤ですか?」

あたしの問いに、リカコさんは前を向いたまま、うなずいた。

「そう。本当はほかのひとが行くことになっていたのだけれど、そのひとが辞めてしまって、私が行くしかなくて」

リカコさんは仕事の都合で、東京から大阪に来たのだった。そして、今度はドバイに行くという……。

「それでね、話し合った結果、別れましょう、ということになったの」

リカコさんの口調は、あっさりしたものだった。

「お父さんと、離婚するってことですか……?」

「ええ。このまま家族でいるということも、考えてはみたのよ。でも、いつ帰って来られるかわからないし、離れて暮らしているのなら結婚している意味あるのか、って言われちゃって」

なんなん、それ。ちょっと待ってや。

そんなに簡単に、ひょいひょい結婚したり離婚したり……。

言いたいことはいろいろあったが、口からは出てこない。

呆《あき》れてものも言えないとは、まさにこういう状況なのだろう。

「こんな結果になってしまって、ごめんなさい」

驚いてはいたけれども、冷静に受け止めている自分もいた。

雲行きが怪しいな、とは感じていたのだ。

去年くらいまでは、お父さんとリカコさんはよく目配せをしたり、微笑み合ったりして、こちらは居心地の悪さを感じたものだった。そういう状況が、最近ではすっかりなくなっていた。

ふたりのあいだに流れていて、あたしを居たたまれない気持ちにさせていた空気が、だんだんと薄まっていたのだ。

それでも、転勤というきっかけがなかったら、離婚までは考えなかったかもしれない。

結局、子供であるあたしが大人の都合に振りまわされるように、大人たちも会社の都合に振りまわされるということなのだろう。

「べつに、謝ってもらうようなことじゃないですし」

あたしに選択肢はなかった。

お父さんとリカコさんが離婚することはすでに決まっており、子供にどうにかできる問題ではない。

お母さんは離婚するとき、どちらと暮らしたいか、あたしの意思を確認してくれた。

でも、リカコさんはなにも訊かなかった。

当たり前だろう。あたしがお父さんといっしょにいることを選ばず、リカコさんたちについて行くなんて、現実的に考えて有り得ない。

「いつ、出て行くんですか?」

「具体的なことはこれから考えようと思っているわ」

少し黙ったあと、リカコさんは言葉を続けた。

「まずは、あの子に話さないと」

弟はまだ、なにも知らないのだ。

このまま家族四人の生活が続くのだと信じて、いまもボールを追いかけている……。

それをリカコさんの一言が、壊してしまう。

これから弟が受けるであろうショックのことを考えると、カッと頭に血がのぼった。

なんで、そんなこと!

全身が燃えそうなほどの怒りが湧きあがってくるが、それを言葉にして、リカコさんにぶつけることはできない。

河原に吹く風が、頬を撫でていく。

あたしとリカコさんは適当なところで折り返して、弟たちが野球をしているグラウンドへと戻った。

ドバイにも子供が野球をできるところはあるのだろうか。

ふと、そんな疑問が浮かんだが、たぶん、リカコさんと弟が出て行ったあと、あたしはドバイについて調べたりはしないと思う。

そして、この河川敷を訪れることもなくなる……。

どうせ離婚するなら、結婚なんかしなきゃよかったのに。

怒りよりも悲しみに近い気持ちで、そう思った。

でも、お父さんとお母さんが結婚したから、あたしは生まれたのだ。

そして、お父さんとリカコさんが結婚したから、あたしには弟ができた。

だから、無駄なことなんて、ひとつもないのかもしれない。

グラウンドに近づくと、野球の試合はまだ続いていた。

弟が打席に立つ。バットを構える。空は薄曇りだ。ピッチャーが投げる。弟がバットを振る。ボールがバットに当たって、空へと飛びあがる。

いい当たりだった。

あたしはそのボールがどんどん遠くまで行って、ススキの茂みを越え、川に落ちるんじゃないかと思った。

もし、それがホームランなら、いわゆる「さよならホームラン」と呼ばれるものだったろう。

けれど、それはホームランなんかじゃなく、ただのフライで、あっけなくレフトにキャッチされ、試合終了となったのだった。

婚活バーベキュー

1

職場にひとり、苦手な後輩がいる。

仕事は過不足なくこなし、愛嬌《あいきょう》があり、ほかのだれからもおそらくは嫌われていないであろうところが、私にとっては苦手意識の原因となっている。

「あ、先輩。そのネイル、可愛いですね」

ちょっとでも変化があると目敏《めざと》く見つけて、すかさず褒《ほ》めてくる。そして、その言葉には嫌味がない。妬《ねた》みなどは感じられず、素直に可愛いと思っているようなのだ。

「自分でやったから、よく見ると、あんまりうまくできてないのよ」

パステルピンクのベースカラーに、オフホワイトのトップカラーを混ぜて、きらきら光るストーンを少し。マーブル模様を作るのは、にじみ絵にも似た楽しさがあった。

「それ、ジェルですよね？　キット、持ってるんですか？　すごーい。サロンでやってもらったみたいな仕上がりじゃないですか」

そういう後輩の指先には、なにも塗られていない。自然のままでも美しい爪。こういうナチュラルな爪のほうが、男ウケがいいということは、知識としては理解できている。

「もしかして、婚活のためですか？」

ああ、こういうところが苦手なのだ。若いくせに、おばちゃんみたいに図々《ずうずう》しい。他人のプライベートにずかずかと入りこんでくる。

「最近、先輩、いつもお洒落《しやれ》ですもんね。今日も、このあと、婚活パーティーとか？」

以前、話の流れで、婚活をしているということを職場で漏《も》らしてしまった。迂闊《うかつ》だった。そのせいで、こうして探られるのが鬱陶《うつとう》しくてたまらない。

「今日じゃないけど、明日、ちょっとね。パーティーというか、淀川《よどがわ》でバーベキューをするらしいの。面白そうでしょ」

あくまで軽いノリで、私は話す。

べつに婚活になんか必死になっているわけじゃありませんよ、と言外に匂わせて。

「へえ、ＢＢＱですか。楽しそうですね」

笑顔でそんなことを言えるのは、余裕があるからだろう。

彼女は既婚者だ。私とは年齢が七つちがうのだが、すでに結婚しており、子供もいる。まだ二十六歳なのに、お母さん。

人生の先輩。

そのことを考えると、どうしても気後れしてしまう。もちろん、内心でそう感じていることは、わずかにも態度に出さないよう気をつけてはいるが。年齢もキャリアもこちらのほうが上なのだから、舐《な》められるわけにはいかない。

だが、心の奥底では、結婚はともかく子育てをしているということに対して、引け目にも似た気持ちを抱いているのを自覚していた。

私は、父に孫を見せてあげることができなかった。

そもそも、婚活を始めたのは、父の病気がきっかけだった。現役時代は病気ひとつしたことがなかったのに、定年退職してすぐ、がんが見つかった。それまでは特に結婚願望が強かったわけではないのだが、父の病気によって、急に焦りを感じるようになった。父が生きているうちに結婚して、孫の顔を見せてあげたい。そんな気持ちになり、結婚相手を探すため本格的に活動を開始したのだ。でも、願いは叶わないまま、父はこの世を去ってしまった。

「それじゃ、先輩、お先に失礼します」

保育園に子供を迎えに行くため、後輩は退社する。

時短勤務をしている後輩の分の仕事を片づけるため、私は残業をする。

2

快晴で、空は広々と青く、淀川の水面《みなも》もきらめいている。

バーベキューなんて何年ぶりだろう。淀川の河川敷にやって来ること自体、かなり久しぶりな気がした。

淀川を見渡しながら、父のことを思い出す。

——お父さんは子供のころ、泳ぐのが得意で、淀川の向こう岸まで渡ったことがあるんや。でも、危ないから、絶対に真似したらあかんで。

そんな父が、母と出会ったのも、泳ぎのうまさがきっかけだった。シュノーケリング中に足が攣《つ》って溺れそうになっていた母を助けたのが、父だったのだ。

ドラマみたいにロマンチックな出会いだと思う。ピンチのときに助けてくれた男性。命の恩人。私だけのヒーロー。そりゃ、恋に落ちるわ。

理想を言えば、自分もそんなふうに運命の相手と巡りあって、家庭を築きたかった。

だが、そんな出会い、どこにでも転がっているわけではない。

だから、こうして休みの日に出かけて、出会いの確率を上げてはいるのだが……。

会場を見つけたので、そちらへと近づく。スタッフに言われるまま、受付を済ませ、胸に数字の書かれたシールを貼り、案内のリーフレットを受け取る。

バーベキュー場には家族連れや大学生らしきグループのはしゃぎ声が響き、肉の焼ける匂いが漂っていた。

ほかが和気藹々《わきあいあい》と盛りあがっているなか、妙にしんとした地味な集団があり、それが今回の婚活のメンバーたちだった。

見知らぬ者同士なので、集まってもすぐに打ち解けて会話ができるということもなく、どこか探るようにお互いを意識しつつも、それぞれの場所で静かに待機している。私もその一員となり、それとなく男性陣をうかがう。

素敵だと思えるような相手は皆無だった。

あきらかに場違いというか、太陽の光を浴びてバーベキューをするのが似合わないような外見の男性ばかりで、その一帯だけ、どんよりとしている。

私だって、自慢できるような容姿の持ち主だというわけではない。でも、だからこそ、いちおう、服装には気をつけているつもりだ。

今日は屋外での活動なので、バーベキューにふさわしい服装を選んだ。スカートではなくパンツで、歩きやすいスニーカー、髪は後ろでひとつにまとめ、紫外線対策のためにペーパー素材の帽子を被《かぶ》っている。

だが、参加者の女性には、ホテルなどで行われる婚活パーティーのときと変わらないような格好のひともいた。風に揺れる巻き髪に、ひらひらしたワンピース、ばっちりメイクで、ヒールつきのパンプスを履《は》いており、フェミニンな魅力満載である。同性である私の目には、やり過ぎであり、もはや、お洒落というより、過剰な「女装」に見える。だが、ああいうわかりやすい女らしさこそ、男ウケするのだろう。おそらく男性からの人気は彼女に集まるのではないかという気がして、少し不安になる。いくらバーベキューとはいえ、婚活の場である以上、あちらの服装が正解だったのかもしれない。

「それでは、胸につけた番号の順に、テーブルへと移動してください」

スタッフの号令に従い、一同はぞろぞろと動く。日よけのテントやテーブルは設置されており、コンロも準備万端で、あとは肉を焼くだけというところまで用意されていた。炭にもすでに火がついていたので、少しがっかりした。火を熾《おこ》すところが面白いのに。子供のときに家族でバーベキューをして、父といっしょに火を熾したことを思い出す。ふたりで小枝を集めたあと、父がマッチで火をつけて、私がうちわで扇《あお》いだ。私が風を送ると、最初は小さかった火がどんどん燃えあがっていった。わあ、すごいすごい、と母も喜んでいた。

「こんにちは。今日はよろしくお願いします」

おなじテーブルになった女性が笑顔で話しかけてくる。

「こちらこそ、よろしくお願いします」

私も挨拶をして、こういう場にはよく参加するのかとか、少し雑談をする。

各テーブル、女三名、男三名という組み合わせだ。みんな、胸に番号の書かれたシールを貼っている。いい年をして、チープなシールを服に貼りつけているのも、よくよく考えれば滑稽《こっけい》だが、あまり深くは考えるまい。

「みなさま、飲み物は行き渡りましたか？」

スタッフの声に、私はちらりと缶ビールのほうへ視線を向ける。さっき声をかけてくれた女性が缶ビールに手を伸ばして、ほかのひとびとに配っていく。

「はい、どうぞ」

「数、足りてますか？」

もうひとりの女性も、箸《はし》や皿を配って、負けじと気配りアピールをする。

こういうときに率先して動けないあたり、気の利かない女だと思われているのだろうな、と客観的に考える。男性に酒を注いでまわったりするのも、媚《こ》びているような気がしてしまうというか、どうにも照れを感じてしまって、あえてやらないことが多い。

「ビールでいいですか？」

まずは男性陣に缶ビールを渡したあと、女性は私にもそれを差し出した。

「ソフトドリンクもあるみたいですけど」

「ビールでいいです。ありがとうございます」

今回おなじテーブルを囲むことになった女性は、どちらも気が利くだけでなく、ファッションセンスが良くて、華やかな雰囲気の持ち主だった。やはり、自分の服装は失敗だったのではないかと思って、ますます消極的な気持ちになる。

「それでは、みなさま、おいしいお肉を食べて、楽しく交流をして、盛りあがってくださいね。今日という日の出会いに、かんぱーい」

スタッフが乾杯の音頭を取るのに合わせて、缶ビールを掲げる。

手元のリーフレットには、それぞれの番号について、くわしいプロフィールが記載されていた。名前、年齢、住所、職業、出身地、学歴、趣味、家族構成、好きな芸能人、理想の家庭像などなど。

その場のメンバーを見て、さりげなくリーフレットで詳細を確認する。

女性陣のレベルに対して、男性陣は率直に言わせてもらって、どれもハズレだった。ひとりめ、スーツ男！　なんで、休日のバーベキューやのに、よりによってスーツやねん！　心のなかで突っ込みを入れながら、私は缶ビールを呷《あお》った。たしかにスーツ補正というものはある。どんな男性でも、ぴしっとスーツを着こなしていれば、それなりに格好良く見えるものだ。だが、今日、このイベントでスーツはどう考えてもなしである。ＴＰＯへの配慮に欠ける人間と、結婚生活を営めるとは思えない。

ふたりめ、無愛想！　こっちが「こんにちは。今日はよろしくお願いしますね」とにこやかに挨拶をしたというのに、なに、目ぇ逸《そ》らしとんねん！　返事をせえ、返事を！　その後もまったく会話の輪に入ってこず、ベンチの隅っこにひとりで座り、仏頂面《ぶっちょうづら》で酒を飲んでいる。なんのためにやって来たのだ。恥ずかしがり屋なのかもしれないが、まともに会話もできない相手とは進展のしようがない。

さんにんめ、無職！　プロフィールに、専業主夫希望と書かれていた。まあ、それはいい。ひとの生き方はさまざまだ。男性だからといって、一家の大黒柱にならねばならないわけではない。女性が外で働き、男性が家を守るというのも、ひとつの家庭のかたちだろう。だが、それならば、食器の配膳《はいぜん》をするとか、飲み物が足りているか気を配るとか、テーブルをさりげなく拭くとか、サポート力や家事力の高さでも見せてもらいたいものだ。ぼけーっと突っ立っとったらあかんやろ！　主夫になりたいって、相手を支えたいっていうより、結局は働きたくないだけちゃうんか！

はたと気づけば、ビールの缶は空になっていた。

私は席を立ち、新しい飲み物を取りに行く。

可愛げのある女子アピールをするためには、アルコールではないものを選ぶべきかもしれないが、昼間に屋外で飲むビールは格別だ。

テーブルに戻り、ビールの缶を開けていると、男性陣からの冷ややかな視線を感じた。

こちらが男性たちを評価するように、向こうもこちらを査定しているのであろうことはわかっている。自分の年齢や容姿が婚活市場においてはマイナスポイントになることは十分に理解しており、そういうところで判断されるのを不愉快だと思っているくせに、男性たちを値踏みせずにはいられないのが、業《ごう》の深いところだ。

「私、ちょっと、あっち行ってきますね」

女性のひとりが、そう耳打ちして、席を立った。

テーブルの男性陣を見た結果、早々に見限ることにしたのだろう。

乾杯をしたあとは、ほかのテーブルに移動してもいいようだ。狩場を変えるというのもひとつの戦法ではある。だが、どこの男性も似たり寄ったりに思えて、積極的に話しかけようという気力は湧かなかった。

それよりも、先ほどより漂っている匂いに心惹《ひ》かれる。

まずは肉だ、肉。

皿に盛りつけられた塩タンをトングで挟み、コンロの網へと載せていく。網のまわりには、ほかにだれもいなかった。炭はいい感じに白くなっており、火力もちょうどいいというのに、網の上に肉はなく、炭化したネギだけがこびりついている。

この場においては、肉を食べることではなく、ほかの参加者と交流することが最優先事項だ。だから、純粋にバーベキューを楽しんでいるひとなどいない。たまに肉を焼くひともいるが、自分の食べる分だけ網の上に置き、火が通ると皿に入れて、テーブルへと戻っていく。

コンロにつきっきりで肉を焼いていれば、交流の機会を逃してしまう。だが、十分に熱せられた網の上が、がらんとしているのはなんとも淋しかった。

もう、今日はいいかな。

トング片手にコンロの前に立ち、燃える炭を見ながら、ふと思う。

うん、いっそ、バーベキュー奉行になろう。

そう決めると、食材を焼く順序や配置などを計画して、実行に移すことにした。トングで肉をつまんで、網の上へと置いていく。塩タンはさっと炙《あぶ》る程度で、すぐにひっくり返す。焦げやすい野菜たちは端のほうに。

「お肉、焼けてますよ。どんどん、食べてくださーい」

声をかけると、皿を持ったひとびとが集まってきた。

「はい、こっちのカルビもいい感じなんで、食べちゃってくださいね」

空っぽの皿に肉を配っていく。それが今日の私の役割だ。男も女も関係ない。ただ、空の皿を持つ者がいれば、肉を盛りつけるまでのこと。

網の上に肉がなくなったので、新しいものを並べていく。

火の近くにいると、汗が噴き出してきた。ただでさえ日差しが厳しいのに、コンロの熱気も加わり、化粧は崩れまくっている。だが、それがなんだというのだ。この場所に立っている限り、手持ち無沙汰になることはない。自分の条件に合う相手を血眼《ちまなこ》になって探したり、品定めされたりするより、よっぽど気楽だった。

「だいじょうぶですか？」

せっせと肉を補充していると、スーツ男が話しかけて来た。

「すみません、ずっと焼いていただいて。貸してください、代わりますよ」

スーツ男が片手を差し出して、私からトングを奪おうとする。いや、向こうは奪うつもりはないのだろうが、こちらとしては邪魔しないで欲しい、くらいの気持ちだった。

今日の私はバーベキュー奉行になると決めたのだ。これは私の大切な役目である。横からしゃしゃり出て来られても困ってしまう。

「でも、その服……」

言葉を濁《にご》しつつ、彼の服装へと視線を向けた。

「ああ、この格好、気にしないでください。どうせ、クリーニング出しちゃうんで」

さすがに上着は脱いでおり、シャツの袖もまくっているが、バーベキューに適した格好だとは言えないだろう。

「実は、朝からお客さんに呼び出されて、一度、戻るつもりだったんですが、時間がなくて、結局、そのまま来てしまったんですよ」

そういう事情があったのか。常識がなく、TPOをわきまえない故の行動というわけではなかったらしい。話してみないとわからないものだ。

事情を説明しながら、男性は含羞《がんしゅう》の表情を浮かべており、少し好感を持つ。

「さっきから、焼いてばっかりで、食べてないんじゃないですか？　やりますから、食べてくださいよ」

そこまで言われては断りにくい。

私はトングを手渡す。その拍子に、指先が触れ合った。男性的な骨張った指だ。手首もがっしりとして、たくましい。

スーツ男も、私の指先に目を向けた。

「綺麗ですね、それ」

ネイルを褒められ、またしてもポイント加算。

彼に対する評価がどんどん上がっていく。

よくよく見てみれば、すらりと背も高く、なかなかの好青年ではないか。

「ありがとうございます」

だが、微笑んでみたところで、いまの私はといえば、汗が額から流れ落ち、化粧は崩れまくり、見るも無残な顔になっているのだろう。

バーベキュー奉行の座はスーツ男に明け渡したものの、せっかく考えた配置や順序が崩れ、計画が遂行できず、不完全燃焼の気分で、そちらを見つめる。できることなら、最後まで自分の手で焼きたかったが……。

「これ、いい感じに焼けてますよ」

スーツ男がそう言って、焼けた肉を私の皿に入れてくれた。

私は素直にそれを食べて、缶ビールで喉を潤《うるお》す。

「おいしいです」

「肉、おかわりいります？　あと、ピーマンとか野菜もありますけど」

「じゃあ、トウモロコシをください」

トウモロコシは手で持ってかぶりつかなければならないので、こういう場では不人気である。だが、こんがりと焼き色のついたトウモロコシが真っ黒焦げになってしまうのを見るのは忍びなく、遠慮なくいただくことにした。

ちょっといいなと思う男性がいたからといって、自分を飾るのはどうにも気が進まない。相手が信頼に足る人物かを判断するためにも、試金石として、あえて素のままの自分を晒《さら》したい。このスーツ男が、トウモロコシをかじるようなワイルドさを持つ女性を好きになってくれるひとならいいのだが……。

トウモロコシをかじりながら、内心でそんなことを考える。

焼き過ぎたトウモロコシは、水気がなく、ぱさついていた。しかも、前歯にトウモロコシのかすが詰まって、気持ち悪い。

「こっちの鶏肉も、いい感じに焼けてますよ」

「いただきます」

汗だくになりながら、肉を焼くスーツ男。私の代わりに、その役割を担《にな》ってくれた。きっと、いいひとなのだろうな、と思う。だが、果たして、その善良さは生涯を共にするに値《あたい》するほどであろうか。まだ決断を下す必要はないとはいえ、常に頭の片隅ではそのことを考えねばならない。

「あの、すみません。飲み物、お願いしてもいいですか？」

額の汗をぬぐいながら、スーツ男がこちらを見た。

「ビールでいいですか？」

「いえ、アルコール、駄目なんで、烏龍茶《ウーロン》があれば……」

「わかりました。持って来ますね」

飲み物のペットボトルはポリバケツに入っており、氷水で冷やされていた。痺《しび》れるほど冷たい氷水に手を突っ込み、烏龍茶のペットボトルを取り出す。

そして、スーツ男のところに戻ろうとしたのだが、彼はべつの女性と話をしていた。

フェミニンさんだ。

肉を焼くスーツ男のとなりにいたのは、巻き髪にワンピースで過剰なまでに女子武装して、参加者のうちでも異彩を放っていた人物だった。

フェミニンさんは小首を傾《かし》げ、微笑みながら、スーツ男の話を聞いている。スーツ男の手には、緑茶のペットボトルがあった。

ここで割って入っていけるような性格ならば、さっさといい男を捕まえて早くに結婚できていたかもしれない。

だが、そんな自分は想像できない。

私は気づかれないよう、そっとその場から離れ、彼らの視界に入らない位置へと移動する。

所在なく歩いていたところ、うろうろしている主夫希望男と目が合ったので、思わず手に持っていた烏龍茶を差し出した。

「これ、よかったら、どうぞ」

「ああ、どうも」

烏龍茶を受け取ると、主夫希望男は無遠慮な視線で私の番号を確認して、リーフレットを広げた。

「お仕事は事務をされているということですが、結婚後もつづけることを希望されているんですよね？」

雑談もなく、いきなり条件確認のようなことを言われ、こちらは戸惑う。

「ええ、まあ、できれば仕事はつづけたいと考えていますが」

「年齢的に、子供は難しいかもしれませんね。でも、安心してください。僕はむしろ、子供は望んでいないので」

初対面なのに立ち入り過ぎだと思うのだが、婚活である以上、そのあたりをはっきりさせておきたいという相手の考えもわからないではない。

「いえ、私は子供を望んでいないわけでは……」

「ああ、そうなんですか。それじゃ、必死で頑張らないとヤバいですね。出産という点で考えると、どうしてもいまの科学技術じゃ、女性には年齢制限があるわけですし。でも、子供のいない夫婦っていうのもいいと思いますよ。男も女もおなじというか、イーブンな関係でいられて。僕、ずっとひとり暮らしをしていたから、家事は得意なんで、任せてください」

うんうんと自分の言葉にうなずきながら、主夫希望男は早口で話す。

こちらも、リーフレットで相手の情報を確認する。三つ年下か。大学院卒という高学歴でありながら、現在、無職とは、もったいないと感じてしまう。

「節約も趣味だし、家計を任せてもらえたら、うまくやりくりできると思うんですよ。性格的にも、外でばりばり働くより、家にいるほうが合ってるというか。だから、専業主夫を希望しているのですが、なかなか甲斐性《かいしょう》のある女性は見つかりませんね」

第一印象からして好感の持てなかった人物ではあるが、話してみると、上から目線というか、どうにも横柄《おうへい》な感じで、ますます評価が下がった。

「どうです？　専業主夫との結婚、興味ありません？」

「うーん、ちょっと難しい気がします」

するると、主夫希望男は顔をしかめ、こちらを睨《にら》みつけてきた。

「なんでですか？　女性の場合は、養ってもらいたいって思うひとも多いじゃないですか。なのに、男は駄目だとか、専業主夫に偏見ありすぎですよ」

いや、そういう問題ではないのだが。

男だろうと女だろうと関係なく、あなたに魅力が感じられないのだ、とはまさか言えない。

これ以上、話していても無駄なので、一礼して、彼の前から去る。

尿意を感じたので、トイレに向かった。

用を足したあと、手を洗いながら、鏡で顔をチェックする。うわ、やっぱり、ファンデーションもマスカラも落ちまくって、どろどろだ……。非常に見苦しい状態になっているが、もう手の施しようがないので、今日はこのままでいるしかない。

トイレから出ると、フェミニンさんがいて、声をかけられた。

「あの、前にも会いましたよね」

「え……？」

先ほどスーツ男といっしょにいたときのことかと思ったのだが、どうもちがうようだった。

「べつの会場でも、お見かけしたことあったので」

フェミニンさんは以前、あるホテルで行われた婚活パーティーで、私を見かけたことがあったらしい。しかしながら、こちらはまったく記憶になかった。

「すみません。ひとの顔を覚えるの、苦手で……」

「うふふ。もしかしたら、私、髪型とかを変えたから、気づかなかったのかもしれませんね。婚活アドバイザーさんにお願いして、一式揃《そろ》えてもらったんですよ」

ああ、だから、服が妙に目立つというか、浮いている感じがしたのだろう。

ホテルの婚活パーティーだけでなく、今日もその一張羅《いっちょうら》を着てくるとは、この女性も少しずれているところがあるようだ。

「アドバイザーさんのおかげで、最近、すごく男性からの反応もいいんですよ。もし、よかったら、その方、ご紹介しましょうか？」

親切心からの申し出なのだと思うが、その言葉に含まれていることを深読みして、むっとしてしまう。

余計なお世話である。

「いえ、だいじょうぶです」

なにがだいじょうぶなのかわからないが、そう言ってお断りする。

フェミニンさんとの会話は短いものだったにもかかわらず、なんだかとても精神的疲労を感じた。

コンロのところに戻ると、肉はすっかりなくなっていた。残っているのは焼け焦げた野菜ばかりだ。スーツ男もコンロのそばにはおらず、日よけの下で涼んでいる。

私の代わりに、肉を焼いてくれたひと。

もう少し話をしたいな、と思った。

そんなふうに思える男性と出会えるなんて、久しぶりのことだ。

スーツ男のほうへ近づこうとしたところ、スタッフの声が響いてきた。

「えー、みなさま、十分にご歓談いただけましたでしょうか。そろそろ、お開きの時間が近づいてきました」

なんということだ。せっかく、ひとがやる気になったというのに、タイムアップのようである。

「それでは、お待ちかね、カップリングの時間となりました！　お手持ちの用紙に記入して、スタッフに渡してくださいませ」

リーフレットに挟み込まれていた用紙に、気になる男性の番号を記入する。

私はスーツ男の番号を書いた。

第三希望の欄まであるが、ほかは記入する気になれなかった。

スタッフによって、番号が読みあげられ、呼ばれたひとたちは集まっていく。

男性と女性。

男性と女性。

男性と女性。

これまでは見知らぬ者同士だったのに、ペアとして扱われるのは妙な感じだ。

スーツ男の番号が読みあげられる。そして、つぎに読みあげられたのは、私の番号ではなかった。

スーツ男とカップリングが成立したのは、フェミニンさんだった。

つまり……。

私は、選ばれなかった。

スーツ男が第一希望にしたのは、フェミニンさんの番号だったということだ。

彼もまた、わかりやすい女らしさを求めていたのだろう。外見に惑わされて、本質を見極めることのできない底の浅い男なのだ。

そんなふうに考えてみるが、それが負け惜しみだということもわかっていた。自分だって、第一印象でスーツ男にマイナス評価をつけた。それなのに、こちらのことは見た目で判断せず、トウモロコシをかじるワイルドさを愛してほしいなんて、虫のいい話だ。

結局、今日もなんの成果も得られなかった。

くるりと踵《きびす》を返して、帰路につく。

敗者は去るのみ。

このあと、カップリングが成立したひとたちはお茶にでも行くのだろう。だが、相手がいない者はひとりすごすご帰るしかない。

足早に河川敷をあとにして、淀川にかかる橋の歩道を進んでいたところ、一組の男女とすれちがった。中年女性と中年男性のカップルだ。四十代か、あるいは五十を過ぎているのかもしれない。どこにでもいるようなおじさんとおばさん。それなのに、ふたりは手を繋《つな》いでいた。すれちがう一瞬で、ふたりの薬指におそろいの結婚指輪が光っているのを確認する。

若くもないくせに！

これが初々しい高校生のカップルなら、恋は盲目というか、つきあいはじめで浮かれているのだろうなあ、と微笑ましい気持ちで見ることができたかもしれない。けれども、美しくもない中年カップルが、あんなふうに手を繋いで、いちゃついているなんて見苦しい。焼けつくような苛立《いらだ》ちが、胸の奥から全身に広がる。八つ当たりだとわかっていても、見ず知らずの相手への憎しみが抑えきれない。

そのとき、強い風が吹いた。

ふわりと帽子が浮きあがる。あの中年カップルに気を取られていたせいで、一瞬、動きが遅れた。手を伸ばしたけれど、届かない。

私の手は空振りをして、帽子はそのまま風に飛ばされてしまった。

買ったばっかりだったのに……。

茫然《ぼうぜん》と立ち尽くし、川に落ちた帽子を眺める。

今日のバーベキューのために、わざわざ新調した帽子。どんどん流されて、もう取り戻すことはできない。

本当に、最悪な一日だ。

唇を強く嚙《か》み締めて、私はまた歩き出す。

3

「ただいまー。ああ、疲れた」

家に帰ると、母が玄関まで出迎えてくれた。

「おかえり。今日はどうだった？」

「もう全然ハズレ。いい相手はひとりもいなかった」

愚痴《ぐち》りながら、ダイニングテーブルの椅子に座り、大きく溜息《ためいき》を吐《つ》く。

「こればっかりは縁やからねえ。心配せんでも、決まるときはパパッと決まるもんやよ。お風呂にする？　それとも、なんか食べる？」

母はグラスに氷を入れ、麦茶を注いでくれた。

「ありがとう。はあ、おいしい」

冷たい麦茶を飲んで、しみじみとつぶやく。

「とりあえず、お風呂入ろっかな。汗だくで気持ち悪い」

私が言うと、母はさっそく風呂の用意をしてくれる。用意といっても、栓をしてお湯張りのボタンを押すだけだが、それでもこうして気遣ってもらえるというのは嬉しいものだ。

母は一度も外で働いたことはない。だが、その分、主婦として完璧に家のことをこなしていた。炊事も洗濯も掃除も抜かりなく、父は一度も不満を漏らしたことはなかった。

専業主夫になりたいと言っていた男も、ちょっとは見習えっていうの。主婦業、舐めんな！　などと心のなかで思ってみるが、母のようなきちんとした主婦になれないことはわかっているので、私も偉そうなことは言えない。

「お昼はちゃんと食べれた？　あんたのことやから、どうせ遠慮して、お肉はあんま食べんと、ビールばっかり飲んでたんとちゃうの」

「うーん、まあ、そこそこは食べたよ。ちゃんと野菜も食べたし」

「夜はどうする？　お肉で胃が疲れているようなら、あっさりのほうがええかな」

「いまは考えられへんわ」

「ほな、あとでいっしょに買いもん行こっか。牛乳も買わなあかんし。スーパーうろうろしてたら、食べたいもんも見つかるんちゃう？」

「うん、そうする」

ほっと一息ついていると、浴室から軽やかなメロディーが流れてきた。風呂の用意ができたようだ。

浴室に向かおうとしたところ、居間のほうから可愛らしい女の子の声が響いた。

「おばあちゃーん」

テレビの画面に、あどけない女の子が映っている。

母は先ほどまでテレビを見ていたらしく、つけっぱなしになっていたのだ。入れ歯の洗浄液のCM。愛すべき孫役にもっともふさわしいとしてオーディションで選ばれたのであろう女の子が、祖母役の女優に話しかけている。

母はどんな気持ちで、このCMを見るのだろう。

画面から目を逸らし、浴室へと急ぐ。

母は早く結婚しろとか、孫の顔が見たいとか言って、私にプレッシャーをかけたりはしない。でも、だからこそ、余計に頑張らなければならないと気負ってしまうところがあった。もし、逆に、母から口うるさく結婚しろと言われたのなら、放っておいてよ！結婚なんかどうでもいいの！と開き直ることができたかもしれない。

服を脱いで、メイクも落として、ありのままのすがたで、浴槽に横たわる。

「あー、しんど」

おっさんみたいな声が出た。浴室に響いた声の低さに、自分でもびっくりする。

ああ、もう嫌だ。婚活なんかやめたい……。

弱音を吐いたら負けだと思っているのに、そんなつぶやきが漏れそうになる。

結婚さえすれば、もう、結婚したい、と思わなくて済むのだ。

だから、さっさと結婚してしまいたい。

婚活の煩《わずら》わしさから解放されるために、結婚をしたいなんて、本末転倒だろうか。

本当に自分が結婚したいのかどうかも、わからなくなってきた。

心安らぐ家庭が欲しい。

でも、それならば、べつに、いまのままでもいい。生活をするのに十分な給料は稼げており、母がそばにいてくれて、何不自由なく暮らしている。

でも……。

時間は過ぎてゆく。

いま、手を打っておかなければ、きっと、後悔する。

母だって、いつまで健康でいられるか、わからないのだ。

父が亡くなってしまったということ。そして、母といっしょに過ごせる残り時間のことを考えると、絶望的な気持ちになった。

お母さんみたいなひとと、結婚したい……。

そう考えた瞬間、切ないやら情けないやらで、涙があふれてきた。

お母さんみたいに優しくて、お母さんみたいに私のことを一番に考えてくれて、お母さんみたいにずっとずっと心から愛してくれる相手なんて、見つけられる気がしない。

涙が頬を伝って、湯船に落ちる。

手の甲で涙をぬぐうと、タオルを手に取り、ふわりと空気を含ませて、湯のなかに入れた。幼き日に、父から教えてもらったクラゲ。私はこのクラゲを見るのが大好きだった。風呂に入る度《たび》にクラゲを作ってほしいと、父にねだったものだ。

湯のなかで、クラゲを思いきり握りつぶす。

ぶくぶくと泡が立ち、私は子供のときのようにそれを面白いのだと感じようとしたが、泣き笑いの表情しか作ることができなかった。

ポロロッカ

1

なぜ歩くことにしたのかと問われれば、理由は自分にもよくわからない。

淀川《よどがわ》の河口はさすがに広く、潮の香りが漂っていた。

川と海との境目を探す。金属製のプレートに「淀川距離標　左岸　０・０Ｋ」と刻まれているのを確認して、その場所からスタートした。

今日は朝から快晴だ。

大阪湾に背を向けて、淀川の左岸をどこまでも歩く。

青い空を見あげ、両腕を振り、大きく足を動かしていると、解き放たれるような気分になった。ひたすら、歩いて、歩いて、歩いて、歩く。

堤防の道を進んでいくと、右手に梅田《うめだ》の街並みが見えてきた。

ひときわ目立つのはスカイビルだ。空中庭園でつながったツインタワーは、その大きさとデザイン性で遠目にもわかりやすい。スカイビルはその名のとおり窓一面に空の色を映し出して、青空のなかで銀色に輝いていた。

弾むような足どりで、どんどん進んでいく。

背負っているリュックサックの重さは、まったく気にならない。寝袋と二日分の食料と水。山登りとちがって人里離れた場所に行くわけではなく、周辺にはコンビニだってあるとは思うが、それでも食料をしっかりと準備してから出発しなければ気が済まなかった。

川を吹く風に乗って、鳥がふわりと滑空《かっくう》していく。

鳥を眺めながら、歩みを進めていると、高揚感があった。息があがって、全身を血が巡っているのを感じる。体に負荷がかかる感覚を味わうのは久しぶりだ。

小学生のときは野球をやっており、中学高校と陸上部だったので、子供時代はそれなりに運動をしていた。大学からは登山を始め、テントを背負って遠征をすることもあった。それが社会人になってからは、デスクワークに追われ、すっかり体を動かさなくなっていた。自分ではあまり意識していなかったが、じっと座ってばかりの生活で、いろんな部分が凝《こ》り固まっていたのだろう。

しばらく進むと、行く手に鉄橋があった。

光沢を帯びた小豆《あずき》色の阪急電車が通りすぎるのが見える。

いつもはあの電車に乗っているのに、いまはそれを見あげながら河川敷を歩いているのは、不思議な感じだった。

梅田に職場があり、平日はほぼ毎日、阪急電車で通勤している。会社の始業時刻が遅めなので、車内はあまり混雑していない。十三《じゅうそう》駅を過ぎて、中津《なかつ》駅に向かう途中、電車は轟音《ごうおん》を立てながら、鉄橋を渡る。そのあいだ、車窓からぼんやりと淀川を眺めて、どこまでつづいているのだろう……と考えた。

淀川の水が琵琶湖《びわこ》から流れているということは、知識として頭にあった。だが、琵琶湖には行ったことがなかった。淀川の源流。流れのはじまり。その場所について考えると、居ても立っても居られないような気持ちになった。

だから、歩くことにした。

淀川をたどって、琵琶湖に向かう。

その思いつきを打ち明けると、妻はあからさまに不機嫌になった。

——なんで、わざわざ土日の両方を使って、そんなことするん？

琵琶湖まで徒歩で行くには、一日では足りず、どこかで一泊する必要がある。大学時代に使っていた寝袋があったので、それを押入れから引っ張り出してこようと思っていた。

登山をやめたのは、妻の意向だった。妻はアウトドアに興味がなく、なぜ好き好んで不便でしんどい思いをしなければならないのかと理解できないようであった。お互いに仕事が忙しく、貴重な休日にはふたりでゆっくりと過ごしたいと言われれば、個人的な趣味の道具はすべて段ボール箱に仕舞いこむしかなかった。

——そのあいだ、私は留守番？　家のこと、ひとりでやっとけって言うわけ？

結婚当初から、妻は家事分担の公平さにこだわった。どちらも正社員としてフルタイムで働いており、おなじ金額を家計に入れているのだから、家事も分け合うのは当然だと主張した。こちらとしてもそれは納得のいく理屈であったので、妻の言葉に従った。妻がエクセルで作成した家事リストをもとに、割り当てを決め、粛々とノルマをこなす日々だ。

休日にはふたりで買い出しに行き、一週間分の食料を手に入れる。妻が常備菜を作っているあいだに、こちらは風呂を隅々まで掃除する。

妻にしてみれば、夫が自分の楽しみのためだけに休日にひとりで出かけるなんて、不公平だという感覚があるのだろう。

せめて一日であればお許しも出やすかったかもしれないが、泊りがけとなると不興を買うのも無理はなかった。

——俺がおらんあいだ、そっちも好きなことをしてたらええやん。

そう伝えたら、妻の機嫌はますます悪化した。

——好きなことなんか、ないもん。

趣味と呼べるものが妻にはなかった。それゆえに、思いつめているのかもしれない。喪失感をどうすることもできないのだろう。

気晴らしすらできない。

楽しみ、希望、生きがい……。そんなふうに思えるものがなく、ぽっかりと空白になったままだ。

妻は恨みがましい目をして、こちらを見た。

——私の体はまだ本調子ちゃうのに、ひとりで遊びに行きたいとか、信じられへん。

そんなふうに責められるであろうことは予測できていた。これまでに夫婦として、大きなものから些細《ささい》なものまで何度もトラブルを経験しているので、相手の思考パターンはだいたい読める。

いつもの自分なら、ひとりで出かけたいという要求を取り下げることを選んだであろう。妻のそばにいて、妻の望むようにしていれば、とりあえずの平穏は保たれる。しかし、それでは駄目になっていく一方だという気がした。だから、敢行したのだった。

大きなリュックサックを背負って、家を出た。

妻がこちらを見る目は「裏切り者」と言いたげだった。

そうではないことを説明したかったが、うまく言葉を見つけられなかった。

どんどん歩いて、阪急電車の鉄橋をくぐりぬける。

電車が通過して、うるさいほどの音が鳴り響いた。

電車に乗っているときに聞こえるのとはちがって、その音は鼓膜を突き破るかのように襲いかかり、そして過ぎ去っていく。

思えば、淀川に沿って歩こうと思ったのは、この音のせいかもしれない。

いつも乗っている電車の音。

通勤途中、電車が鉄橋に差し掛かると、途端にその音が大きくなった。

がたん、がたん、がたん、がたん、がたん、がたん……。

電車は走っているあいだ、いつも音を立てている。しかし、普段は気にとめない。人間には順応性というものがあるから、たいていの刺激には慣れるのだ。たとえ音が響いていようと、自分にとって意味がなければ、意識を向けなくなる。聞こえているけれど、聞いていない。自分はとくに鉄道ファンというわけではないので、電車の走行音にはなんら思い入れがなく、それについて深く考えることはおろか、聞こえていることにすら気づいてはいなかった。

だが、ある朝、考えてしまったのだ。

心臓の音みたいだ。

ひとたび、その言葉を連想すると、消し去ることができなくなった。

電車の走行音は、一定の速さで耳に響き、全身に伝わり、心拍と重なる。

がたん、がたん、どくん、どくん、どくん、どくん……。

それ以来、電車が鉄橋を渡るたびに、心臓の音を連想するようになった。

同時に、妻の言葉が頭をよぎる。

――赤ちゃんのね、心臓が動いてへんねんて。

心臓の音。

心拍の停止。

生まれることのなかった命……。

電車の走行音が大きくなるのは、鉄橋を渡っているあいだのわずかな時間だけのこと。悠々《ゆうゆう》と流れる淀川の先へと目を凝らしても、あっという間に景色は流れ去り、乱立するビル群に視界を遮《さえぎ》られ、遠くを見ることはできなくなる。

そんな時間が積み重なり、ついには心を決めたのだった。

歩こう。

ひとりで、どこまでも、歩いてみよう。

そして、いま、自分は淀川の堤防を歩いている。

川の流れに逆らって……。

2

空はよく晴れており、河川敷のグラウンドやバーベキュー場はたくさんの家族連れで賑《にぎ》わっていた。

少年野球チームが試合をしており、活気のある声が響いてくる。子供たちは揃《そろ》いのユニフォームを着て、バットを構え、グローブをつけているが、どれもちいさくて、そのミニチュアな感じが微笑ましかった。「ナイスボール！」や「こーい、こーい、ばっちこーい」の声も甲高《かんだか》くて、いかにも幼い。

懸命に白球を追う子供たちを見て、元気だなあ……と微笑ましく思うなんて、年を取ったものだ。かつては自分もあんなふうに夢中で野球をしていた。それなのに、いまは懐かしさを感じるだけで、とても遠い場所のように思えた。

グラウンドのまわりには、応援する親たちのすがたもあった。まだ野球のできない妹や弟たちは、試合に興味を示さず、勝手気ままに遊んでいる。そのうちのひとりが泣き出し、母親が抱きあげて、よしよしとあやす。

妻がこの情景を目にしなくてよかった。

そんな思いが浮かんだことで、改めて自覚する。妻を守りたい。傷ついてほしくない。自分はそう強く願っているのだ。その気持ちは嘘偽りのないものであるのに、自分はいま、妻のそばを離れて、ひとりで歩いている。

──なんで、私ばっかり、こんな目に遭《あ》わなあかんの。もう、どこにも行きたくない。なにを見ても、つらくなるだけやもん。

涙ながらにそう訴える妻に、思いつく限りの慰めの言葉をかけた。しかし、どんなに言葉を尽くしたところで、妻の心は癒《い》えなかった。

授かった命が、失われたこと。

どうにか乗り越えようとしても、それを思い出す機会は驚くほど多かった。これまではまったく意識しなかったものに、流産のあとは妻も自分も過敏に反応するようになった。幸せそうな情景が知らぬうちにだれかを傷つけていることもあるのだと、自分がその立場に置かれて初めて気づいた。子供を連れた親、ベビーカー、妊婦など、悲しみの引き金はいたるところに存在していた。

河川敷の道は、まだまだつづいていた。

前を向き、一定の速さで歩いて、グラウンドから遠ざかる。少し足が疲れて、空腹も感じていたが、歩みを止める気にはならなかった。どこで休むかは決めていない。行けるところまで、行くつもりだ。

顔をあげると、悠々と流れる川の向こうには空が広がっており、うっすらと山の影も見えた。視界を遮るものはない。頭上を覆《おお》っているものもない。どこまでも空は青い。

心地いい、と感じる。

こんなに晴れやかな気分になるのは、久しぶりのことだった。

――私ね、たぶん、女の子って気がする。どっちでもいいけど、なんとなく、そう感じるんよね。

妊娠が確定した日、妻は幸福に満ちた声で言って、そっと腹部に手をあてた。

結局、女の子だったのか、男の子だったのかは、わからないままだ。

妻は女の子だと考えていたようだが、もしかしたら有り得たかもしれない「子供のいる生活」を自分が思い浮かべるとき、そこにいるのは男の子だった。それはおそらく、子供というものについての情報が少なくて、参考にできるのが自分自身の幼いころの記憶くらいしかないからだろう。休みの日に公園でキャッチボールをする父親と息子。かつては子供の立場で、父親を見あげていた。今度は自分が、見あげられるほうの立場になるのだ。そう覚悟したのに、結局、それは実現しなかった。

足の裏が痛い。

一歩、また一歩。足を踏み出すたびに、親指の付け根のあたりが、ずきん、ずきん、と痛むようになってきた。歩きだしてから四時間というところだろうか。こんなにすぐに足が痛くなるなんて想定外だった。

グラウンドやテニスコートがあるあたりを過ぎると、ひとの気配は少なくなり、その分、草や木や鳥たちが存在感を増した。

風はますます強くなり、淀川の水面がゆらゆらと波打っている。中州に黒い鳥の群れが見えた。鴨にしては大きく細長いシルエットだ。鵜《う》だろうか。

空腹を感じて、足の痛みもかなりきつくなってきたので、休憩を取ることにした。

堤防の階段に腰かけて、あらかじめ家の近くのスーパーで買っておいたおにぎりと唐揚げを食べる。おにぎりは五目炊き込みご飯で、疲れた体に醤油《しょうゆ》の塩気がありがたく、しみじみ美味だと感じた。

昼食を食べ終わり、靴と靴下を脱ぐ。親指の付け根に、大きな水ぶくれができていた。ほかにも、いくつかマメができており、見るからに痛々しい。

足の裏を確認して、少し驚いた。

登山をしていたころなら、これくらい歩いただけでマメができたりはしなかっただろう。足の裏の皮がいつしか柔らかくなっていたことに気づき、妻と過ごした時間というものを思う。ふたりで暮らす日々で、自分の体にもささやかながら変化が生じていたのだ。

そして、妻が経験したことについて考える。

妻の体に起きた、あまりにも大きな変化。

あのとき、自分はなんと声をかけたらよかったのだろうか。

――中絶とおんなじことをするんやって、流産の手術は……。

妻はその事実を知り、とても傷ついたようであった。伝えられた自分も、どう受け止めたらいいのか、わからなかった。

妻は仕事を休んで、ひとりで産婦人科に行き、手術を受けて、帰宅した。そのあいだ、自分はいつもどおり会社に行って、仕事をしていた。

どんなに妻の体を心配したところで、代われるものではない。せめて半分でも自分に担当できることがあればよかったのだが、まったくもって無力だった。痛みも、苦しみも、妻だけが引き受けた。

病院にいっしょに行ったところで、できることはなにもなかった。だが、会社を休んで、妻に付き添うという選択肢もあったのだ。自分はそれを選ばなかった。

もしかしたら、そのことを妻はいまでも許せないと思っているのかもしれない。病院に付き添うべきだったのだろうか。付き添っていれば、なにか変わっていたのか。いまさらではあるが、悔やむ気持ちが湧きあがってくる。

妻ばかりが、負担を強《し》いられていた。

ふたりのバランスは崩れた。不公平ではないかという思いが打ち消せず、妻は不満を募《つの》らせ、自分は罪悪感に苛《さいな》まれた。申し訳なさから、妻の要望をできるだけ聞き入れ、早く悲しみが癒えるよう尽力したつもりだが、その態度は他人事《ひとごと》のように扱っていると受け止められたらしく、ますますふたりのあいだに距離を感じさせる結果となった。

靴下を履《は》き、リュックサックを背負って、また歩き出す。

足を踏み出すたびに、刺すような痛みがあった。マメができたところだけでなく、足の裏もふくらはぎも膝もすべてが痛い。

淀川に目を向け、水面の輝きを眺める。

自分はただ、川のそばを歩いているだけだ。川に入り、流れに逆らって、泳いでいるわけではない。川の流れに乗ることも、逆らうこともなく、それを見ながら歩くだけ。

ふいに「ポロロッカ」という言葉が頭に浮かんだ。

アマゾン川が逆流する現象をたしかそんな名前で呼ぶのだ。いつだったか、その話題になり、言葉の響きがおかしくて、妻とふたりで意味もなく「ポロロッカ」と言っては笑い合ったことがあった。恋人同士だったころは、なんでもないような会話が楽しくて、妻はいつも笑っていた気がする。

過去を思い出しながら、ひたすら足を動かす。

しばらく行くと、緑に白抜きで「よどがわ」と書かれた標識が目に入った。その下には「大阪湾まで37・3Km」と書かれている。

距離にして半分というところだ。思っていたよりも早く、遠くまで来ていた。だが、淀川河川公園のあたりは整備されていて歩きやすいものの、琵琶湖に近づくにつれて道は険しくなる。後半は疲れも出てくるから、おなじペースで進むことはできないだろう。

そろそろ日も暮れそうなので、野営の用意をすることにした。アルコールランプで湯を沸かして、フリーズドライの雑炊を食べる。あたたかい食事のおかげで、気力と体力が回復していくのを感じた。明るいうちに地図を広げて、明日のルートを確認しておく。いざとなればグーグルマップを使うという手もあるが、なるべく機械に頼らず、自力で辿《たど》り着きたい。

あたりは西日に照らされ、空が茜《あかね》色に染まっていた。なにも考えず、暫《しば》し日が沈むのを見つめる。そして、完全に日が落ちて、あたりが暗くなると、寝袋に入った。

3

夜明けと同時に目が覚めた。

寝袋を広げて、乾かしながら、アルコールランプで湯を沸かして、インスタントコーヒーを淹《い》れ、朝食のパンとプロテイン入りのウエハースを食べる。

疲れ切っていたせいか、昨夜は気を失うように眠りに落ちた。

妻はおそらく、まだ起きていないだろう。メールのひとつくらい送るべきかもしれないが、なにを書いても怒らせてしまいそうな気がした。昨夜は本当であれば、必ず妻と寝なければならない日だったのだ。

淀川と名付けられている水の流れは、枚方《ひらかた》を抜け、京都に入ると、桂川《かつらがわ》と宇治川《うじがわ》と木《き》津川《づがわ》に分かれる。そのうちの宇治川が琵琶湖を水源にしているので、その流れに沿って歩いていくことにした。

広々とした河川敷を歩いていたときとはちがって、宇治川に沿って進む道は平坦《へいたん》ではなく、車道の路肩を進まねばならないところも多い。

車の運転をしているひとも、まさかこんなところに歩行者がいるとは思っていないようで、ぎょっとしたように避《よ》けていく。

足裏の痛みは、もはや体の一部となっていた。歩くごとに痛みがびりびりと伝わり、拷問を受けているかのようである。つらいが、しかし、その痛みをどこか歓迎している自分もいた。地面を踏みしめることによって、痛みという強い刺激があり、身体《しんたい》の存在を否応なしに実感させられる。

山が近い。

大阪市内を歩いていたときには彼方《かなた》に霞《かす》んでいた連峰も、いまはその麓《ふもと》にいて、木々を間近で眺めることができた。国土交通省の標識も、気づけば「よどがわ」ではなく、「うじがわ」という表記になっている。

宇治橋の近くは、古都ならではの趣《おもむき》があった。紫式部の石像が設置されており、松の木が並ぶ遊歩道には観光客らしき外国人が目立った。平等院鳳凰堂《びょうどういんほうおうどう》も近くにあり、歴史を感じる。

寺院や仏塔が建ち並び、古びた橋に風情を感じて、写真を撮って、妻に見せたいような気分になった。だが、実際には行わず、淡々と歩き、過ぎ去っていく。

妻が立ち直ったのは、職場の先輩の言葉がきっかけだったらしい。

女性の先輩とランチに行き、沈んでいる様子を心配され、流産のことを打ち明けた。すると、その先輩は告げたそうだ。自分にも、おなじ経験がある、と。

――その先輩、これまでも産休を取る同僚とかに笑顔でおめでとうって、ちゃんと言ってたんやけど、ほんまは心のなかにそんな悲しみを抱えてたなんて、全然考えたこともなくて……。それで、反省した。つらいのは、自分だけとちゃうんよね。みんな、いろいろあるんやなと思って……。

妻が徐々に明るさを取り戻して、以前のように笑えるようになったのは、自分にとっても嬉しいことだった。

ただ、妻の心の傷が癒えていく過程において、傍観者でしかなかったということは少し引っかかっていた。

おなじ経験をした者としか、わかりあえない。

妻がそう考えるからこそ、ふたりのあいだには見えない壁ができてしまったのだろう。

自分がどれだけ前向きな言葉を口にしたところで、妻の心には響かなかった。未来に目を向けるようなことを言えば、薄情だと責められ、かえって妻を怒らせる結果になった。

喧嘩《けんか》らしい喧嘩はしたことがなく、問題があっても話し合いで解決してきたので、自分たちは仲が良いほうだと思っていた。

実際、妻が精神的に不安定だった時期においても、喧嘩というような事態にはならなかった。ただただ、お互いどうしようもなく、途方に暮れるばかりだったのだ。妻は激《げっ》昂《こう》したあと、しくしくと泣きつづけ、こちらはひたすら機嫌を取った。

わかりあえない、という絶望感。

ふたりは価値観や金銭感覚が似ていたので、交際は順調に進み、結婚生活にも満足していた。

だから、こんなふうに妻とのあいだに隔《へだ》たりを感じることになるとは思わなかった。

どんなに公平さを求めたところで、妊娠は女性にしかできないことだ。

今回は妻が傷ついた分、次回は自分が担当するというわけにはいかない……。

宇治川の流れは穏やかで、ゆるやかに曲がり、どことなく気品を感じさせる。吊橋《つりばし》が見えたので、それを渡って、対岸に向かうことにした。吊橋は木製ながらも太いワイヤーロープで固定されており、それほど揺れもせず、安心して渡ることができた。

山間《やまあい》の道を進むにつれて、静けさが増していく。

道を進んでいくと、コンクリートの巨大な建造物が見えた。

あれが天ヶ瀬《あませ》ダムだろう。迫力のある佇《たたず》まいに、思わず立ち止まって眺める。

人工的なコンクリートの塊《かたまり》に大量の水が蓄《たくわ》えられている様子には、どこか異様な雰囲気があった。じっと見ていると、得体のしれない恐怖を覚える。

ダムは緑豊かな土地を切り開き、環境破壊の原因ともなるものだ。だが、治水工事によって、川の氾濫《はんらん》を防ぎ、発電も可能になり、さまざまな恩恵を受けることができる。

人工的なものだからといって悪だというわけではない。

それでも、やはり、自然のなかに存在する巨大な人工物には違和感があった。

自然のままの状態。

そして、人工的な……。

産婦人科医から「許可」が出て、妻はタイミングを見計らって、再チャレンジしようとした。しかし、無理だった。以前のようにはできなかったのだ。

役立たず。

みじめさと無力感に打ちひしがれたが、諦《あきら》めるわけにはいかなかった。チャンスは限られている。妻の排卵は一年に十二回しかないのだ。その機を逃してはならない。以降、何度か試みたものの、うまくいかないことが多く、妻の苛立《いらだ》ちが伝わって、こちらはますます萎縮《いしゅく》するしかなかった。

子供は授かりもの。

自分はそう考えていたが、妻は業《ごう》を煮やして、より人工的な方法で作ることを提案してきた。それに乗り気になれなかったことで、妻の心はますます離れた。

意地を張らずに、妻の望むとおりにすればいいのかもしれない。だが、どうしても気が進まなかった。

相手を愛《いと》おしいと思い、内から湧きあがる欲求に基づいた行為をして、その結果、新しい命が生まれるというのが、自然な在り方ではないだろうか。

そう考える一方で、そんなふうに自然というものにこだわる必要はないのかもしれない、とも思う。

いくらダムを眺めていても、結論は出ない。

立ち止まったついでに、休憩を取ることにした。

リュックサックを下ろして、ゼリー飲料を取り出す。スティックタイプの羊羹《ようかん》も食べる。カロリー補給をしてから、再び歩き出した。

曲がりくねった山道がつづき、澄んだ空気がすがすがしい。蛇行《だこう》する川に、こんもりとした山々。木々の緑を映して、川も深い緑色をしている。

人影のない道を進んでいくと、アスファルトに異変を感じた。

そこだけ、白い。

近づいて、地面に落ちているものを確認する。

虫、だ。

細長い胴体に、薄く白い羽。

カゲロウである。

大量のカゲロウが死んでいた。

まるで雪が積もっているかのように、あたり一面が白く覆われている。

幼虫のあいだは川に棲み、そしてすがたを変え、弱々しい羽でここまで飛んできたのだろう。

足の踏み場がないほど、カゲロウの死骸は広がっていた。どんなに気をつけて歩こうとしても、踏みつけてしまう。たとえ死んでいるのだとしても、足で踏み潰《つぶ》すのは抵抗があった。だが、ずきずきと痛む足で、カゲロウを踏んでいく。

一寸の虫にも五分の魂。

そんな言葉が脳裏に浮かぶが、足を踏み出さねば、先に進めない。

——ごめんね。赤ちゃん、守ってあげられへんくって、ごめん……。

妻の言葉がよみがえる。

——そんなん、謝るようなことちゃうやろ。だれが悪いわけでもないんやから。

原因は不明であった。妻はもっと体調に気をつけていれば結果はちがっていたのではないかと悩んでいたが、産婦人科医の説明によると胎児のほうに問題があった可能性が高いということだった。

生まれてこなかった子供に先天的な病気があったのかもしれない。そう説明されて、自分は改めて、そこに存在していたのが一個の命だったのだと自覚した。

妻の妊娠。つわりに苦しむ妻。自分の目に見えていたのは、あくまでも妻の身に起きた変化であり、その内側にある命については、あまり実感がなかった。しかし、胎児についての説明を受けて、個性のようなものを感じた。

妻の体とはべつに、そこにはひとつの命があり、失われたのだ。

そして、それは自分の子であった……。

カゲロウの死骸を踏みつけ、一歩、また一歩と進んでいく。この道を歩くと決めたのだから、進むしかない。一面に広がるカゲロウの死骸。無数の失われた命。歩いていると、こみあげてくるものがあった。胸の奥が、熱くなる。魂というものが存在するなら、きっと、それは体の中心部にあるだろう。エコー写真を思い出す。まるくて白い点でしかなかったもの。胸の奥だけでなく、目頭まで熱くなってくる。その感情を打ち消し、抑えこもうとする。泣く権利なんてないと思っていた。だれよりもつらいのは妻である。自分は悲しむ立場ではない……。

だが、そんな考えとは裏腹に、嗚咽《おえつ》が漏《も》れた。慌てて涙を拭《ぬぐ》う。泣くな。泣いてどうなる。自分が泣いたからといって、なんの解決にもならない。そう思うのに、涙は止まらない。手の甲でごしごしと瞼《まぶた》をこする。山道をひとり泣きながら歩いている男。気味が悪いにもほどがある。なぜ、という問いに、答えはない。なぜ、死んでしまったのか……。問いかけても、死んだものは、生き返らない。わかっている。わかってはいるのだ。泣いたところで仕方ない。無駄なことをしている。泣くことも。歩くことも。だが、究極的にはなにもかもすべてが無駄なことではないだろうか。

やがて、カゲロウの死骸はなくなり、なんの変哲もないアスファルトの道となった。一台のミニバンが近づいてきて、路肩を進む歩行者の存在に驚いたように大きく避けながら、通りすぎて行く。

目はまだ腫《は》れぼったい感じがした。だが、もう涙は出ない。

妻が泣いているあいだ、自分は決して泣いてはならないと思っていた。自分は泣く立場ではない。自分の役目は、妻を慰めることだと考えていた。しかし、その態度こそ、ふたりのあいだに距離を作っていたのかもしれない。

おなじ経験をした者というならば、自分も「我が子」を失ったのだ。

その悲しみを分かち合えるのは、ほかのだれでもなく、自分と妻だけ。いまになってようやく、そのことに気づいた。

前を向いて、アスファルトの道を歩きつづける。

旅は終わりに近づいていた。

流れる水にちがいはないのに、川はまた呼び名が変わる。京都を抜け、滋賀に入ると、そこに流れるのは瀬田川《せたがわ》だ。

のどかな景色を眺めながら、先へ先へと道を進む。

瀬田川は流れがゆったりしており、道もなだらかである。民家がぽつぽつと見えて、山から下りてきたという感じがした。

交通量が増え、車道の路肩を歩いていると、危険を感じることも多くなってきた。自然豊かな景観ではなくなり、あまり心地いいとは言えない道がつづく。道路標識を見て、市街が近いことを知る。あともう少しだ。

琵琶湖に近づくにつれ、瀬田川の川幅は広くなってきた。車道を離れ、河川敷の舗装された道を歩けるようになったことで、歩くペースも速まった。瀬田の唐橋《からはし》が見えてくる。ゆるやかに弧を描く橋には擬宝珠《ぎぼし》が並んでおり、歴史を感じさせる風景だ。

瀬田の唐橋を通りすぎ、どんどん歩いていくと、鉄橋があった。

鉄橋をくぐると、轟音が響いた。JRの電車が通りすぎていく。その耳をつんざくような音に鼓動が激しくなるが、立ち止まらず、歩みを進める。

川は悠々と流れており、対岸が遠い。

歩いていると、河川管理境界の標識が目に入った。左右に向かって、ふたつの矢印があり、一方が「琵琶湖」で、もう一方が「瀬田川（淀川）」と記されている。つまり、ここが琵琶湖と淀川の境となるラインなのだ。

その場に立ち、琵琶湖を見渡す。

とうとう辿り着いたのだ。

なみなみと水を湛《たた》えて、琵琶湖は海のように青く波打っていた。湖面のはるか遠くは、ぼんやりと白く霞んでおり、茫洋《ぼうよう》とした風景が広がっている。

大阪湾から琵琶湖まで、二日間の旅。淀川を遡上《そじょう》してきたわけだが、長い道のりのようで、終わってしまえば、あっという間だった。

なにかを成し遂げたと思いたかったが、なにも変わってはいなかった。どこまで行っても、自分は自分でしかない。

これからＪＲ東海道本線の駅に行き、電車に乗るつもりだ。

その前に、妻にメールを書こう。

いまから帰る、と。

趣味は映画

1

夕暮れの河川敷。

俺は立ちはだかる相手をにらみつける。

「この俺とタイマン張ろうだなんて、いい度胸じゃねえか！」

腹の底から声を出すと、俺は学ランを脱ぎ捨てた。背中に昇り龍の刺繡《ししゅう》が入った学ランは、ひらりと宙を舞って、地面に落ちる。

「ここで決着つけてやるぜ！　かかってこいやあ！」

相手もおなじように丈の長い学ランを着ていた。

変形させた学生服は、不良の証《あかし》だ。

相手は学ランを着たまま、拳《こぶし》を振りかぶってくる。

俺をまっすぐに見つめる目。

そこには恐れも憎しみもなく、ただただ、俺だけを求めていた。

「拳で語り合おうぜ！」

相手はそう言いながら、殴りかかってきた。

俺は相手の拳を避《よ》け、殴りかかり、蹴《け》りあげ、裏拳《うらけん》を繰り出し、攻撃を防ぎ、また殴りかかっていく。

死闘の末、俺たちは同時に、地面に倒れた。

沈みかけた太陽が、あたりをオレンジ色に照らし出す。

「ははっ、やるじゃねえか……」

俺が笑うと、笑い声が返ってきた。

「おまえこそ……」

先に身を起こしたのは、俺だった。ふらつきながらも立ちあがり、黙ったまま、片手を差し出す。

相手はためらうことなく、その手を摑《つか》んだ。

引き起こそうとしたはずみに、俺は体勢を崩して、相手の上に倒れこむ。

そして、俺の手が、相手の胸に触れて……。

「はい、カット！」

監督の声が響いた。

俺は立ちあがり、カメラのほうを向く。

「あのさ、そこ、もっと、むぎゅっという感じでいってくれへんかな」

監督こと前田《まえだ》ひかりが、片手を動かしながら言う。

「めっちゃ及び腰やん。気合い入れて演技して！」

やわらかいものを鷲掴《わしづか》みにするような手の動き。その演技指導に、俺は「いや、でもさ」などとつぶやき、まだ地面に倒れている有村舞《ありむらまい》を見る。

脚本によると「西日本最強の男」という設定なのだが、学ランを着たところで有村舞はどこからどう見ても可愛らしい女子高生でしかない。

「あたしやったら大丈夫やから、全然気にせんとって」

有村舞は寝ころんだまま、自分の胸をぽんっと叩《たた》いてみせた。

「ちゃんと、さらし巻いてるし。大切なシーンやもん。遠慮なく、むぎゅっとやっちゃってください」

こいつの無駄な役者根性は、いったい、どこから来るのか。

俺は呆《あき》れ気味に、有村舞を見おろす。

高校生が自主制作している映画である。

ハリウッド女優じゃないんだから、プロフェッショナル精神など発揮しなくていいと思うのだが、有村舞はいつだって全力投球だ。

「ほい、そんじゃ、もう一回！　殴り合うシーンはおっけーやったから、引っ張り起こすところだけ撮り直しね。日が沈まへんうちに、ちゃちゃっと終わらせよう」

監督の声に、有村舞は仰《あお》向《む》けになった状態でぱちぱちと瞬《まばた》きをして、役に入りこむ。

「アクション！」

俺は心を無にして、命じられた動きをする。

脚本を書いたのは前田ひかりで、正直、それを読んだときには戸惑いしかなかった。

いまどき、番長って……。

不良であるふたりが出会い、どちらが強いか決着をつけるため、夕日に照らされながら拳を交え、友情が築かれる。そして、その直後、衝撃の事実が発覚するのだ。

「おっ、おまえ、女だったのか……」

我ながら嫌になるほど大袈裟《おおげさ》なセリフまわしである。しかし、ここはコメディ的な要素を持つ部分なので、これくらいクサい演技でも問題ないはずだ。

「カット！」

前田ひかりの声が響いた。

「おっけー、おっけー。めっちゃよかったよ！　いまの舞の表情、ばっちり！　イメージどおりやった！」

前田ひかりはよく他人をほめる。そこに作為的なものを感じて、軽くイラつく。相手を気持ちよくさせて、自分の思いどおりに操《あやつ》ろうという魂胆《こんたん》が透けて見える気がするのだ。

「いやあ、それにしても、ちょうどいいロケ地が見つかってよかったわ。まさに私が求めていた土手やもん」

しみじみと言って、前田ひかりは周囲を見まわす。

自主制作の映画において、ロケ地探しは苦労の多いところである。スタジオを借りる予算はないので、自分の家や知り合いの家などの室内、あるいは学校やグラウンドや近くの公園などで撮ることが多く、どうしてもシーンが似通ってしまいがちだ。その点、この河川敷は広々として抜けがあり、余計なものが映りこむこともなく、街の雑音も入らず、絶好のロケーションと言えよう。

「晴れてよかったね」

有村舞は大きく伸びをすると、空を見あげた。

「ほんまに。雨やったら延期するしかなかったもん。天候だけはどうにもでけへんし」

前田ひかりもうなずいて、遠い空へと視線を向ける。

頭上にはまだ空の青さが残っているものの、地平線のあたりは赤く染まり、たなびく雲がどこか不穏に黒く浮かんでいた。

「あ、この空の色、撮っとこ」

前田ひかりは手に持ったカメラで空を撮影する。

有村舞の演技は「おっけー」で「ばっちり」で「イメージどおり」なのに、俺の演技についてはなんのコメントもないことに少し引っかかりを覚えつつも、あえて問いただすことはなく、荷物を置いてある場所に行って、帰り支度をする。

俺の隣で、有村舞もコートを羽織った。

「寒くなってきたね」

有村舞の言葉に、俺はそっけなくうなずく。

「ああ」

撮影中は脚本にそってセリフのやりとりをするものの、現実の有村舞とはどんなふうに会話をすればいいのか、いまだにわからない。なにしろ、出会ってまだ一カ月なのだ。転校してくる前の俺はといえば、クラスでも地味な男子のグループに属しており、女子の友達なんてひとりもいなかった。

前田ひかりの場合はこちらが喋《しゃべ》らなくても勝手に話しかけてくるが、演技をしていないときの有村舞はまったくもって普通の女子なので、どうにも接し方に困る。

その前田ひかりはといえば、まだカメラを構えたまま、空のほうを向いていた。

「うーん、いい画《え》が撮れた」

そう言いながら、やっと、カメラから目を離す。

「マジックアワーだからな」

俺の言葉に、前田ひかりもうなずく。

日没直後は薄明りがあたりを幻想的に照らし出して、だれでも魔法のように美しい写真や映像が撮れる時間帯だとされているのだ。

「さて、帰りますか」

前田ひかりが歩き出したので、俺たちもそれに従う。

最寄《もより》駅は阪急電車の上牧《かんまき》駅なのだが、歩くと結構な距離だ。淀川《よどがわ》は大阪を貫くように流れており、河川敷にはいくつかの駅から行くことができる。最初は中津《なかつ》駅で降りようと話していたのだがそのあたりはひとが多そうだということで、淀川河川公園の公式サイトやグーグルマップで調べた結果、より上流で、運動施設やバーベキュー場などのない空白地帯とでもいうべき場所をロケ地に選んだのだった。

風が吹き、川辺の草がさわさわと揺れる。

俺はちらりと横目で前田ひかりを見た。

カメラを構えていないときの彼女は、こちらを見向きもしない。

2

自主制作の映画なんて、つまらなくて、痛々しくて、黒歴史になることはわかりきっている。

俺はイケメンでもなければ、演技力があるわけでもない。なのに、なにゆえ、前田ひかりの映画に出演する羽目になったのかといえば、引っ越してきたばかりで友達が皆無だったからである。

高校二年の冬、そろそろ大学受験に向けて本腰を入れようかと思っていたところに、親父の転勤が決まった。俺が東京で通っていたのはそれなりに有名な私立校だったので、転入試験を受けるとなると高校のレベルが下がる可能性が高く、できれば転校はしたくなかった。それに、引っ越し先が大阪だというのも懸念材料だった。テレビに出ているお笑い芸人たちのトークによると、大阪では面白いやつが最強であり、自分のようにコミュニケーション能力に難のある人間には厳しい世界のように思えたのだ。だが、父親は単身赴任を選ばず、家族三人での引っ越しを命じた。

転校初日、自己紹介をしたときに「趣味は映画鑑賞です」などと言わなくてもいいことを付け加えてしまった。

そこに食いついてきたのが、前田ひかりである。

「私も映画めっちゃ好きやねん。なあ、どんな映画が好きなん？」

休み時間に女子からそんなふうに声をかけられて、舞い上がるなというほうが無理な話だ。しかも、前田ひかりは制服をオシャレっぽく着こなして、屈託のない笑顔を見せており、自分とはちがう階層にいる女子のように思えた。

「えっ、いや、どんな映画って……」

咄嗟《とっさ》には答えられず、言葉を濁《にご》したのだが、前田ひかりは逃がしてくれなかった。

そもそも、この「どんな映画が好きなのか」という質問は、実にやっかいである。有名な映画を答えると浅いやつだと思われてしまうリスクがあり、だからといってマニアックなものを答えて相手に怪訝《けげん》な顔をされては話がつづかない。マイ・フェイバリット・リストが存在していないわけではないが、それは己の内面と深く結びついており、安易に他人に晒《さら》せるようなものではなく、扱いは慎重にならざるを得ないのだ。

「邦画も観るし、ハリウッド系とか、古いのも観るけど。前田さんは？」

あえて具体的なタイトルはあげず、質問を返すことで、相手の出方をうかがう。

はたして、どれくらいのレベルで映画について話せる相手なのか……。

「私もなんでも観るよー。それこそ、ヒッチコックとかビリー・ワイルダーとか、昔のモノクロ映画も好きやし、マーベルとかのアメコミ原作も観るし、岩井《いわい》俊二《しゅんじ》作品やったら『スワロウテイル』がいっちゃん好きかな」

その返答に、俺は目を見開いた。

こいつ、思いっきりマウンティングしてきやがった！

どうせ『花とアリス』とか『リップヴァンウィンクルの花嫁』とかあたりから入って遡《さかのぼ》ったんだろうに、そんな昔の作品をドヤ顔で言ってくるとは、いい根性じゃねえか。

その瞬間、俺は女子に話しかけられてドギマギしている自分を忘れ、一介の映画好きとして挑まれた戦いに負けるわけにはいかないという気になり、なんだか熱く語っているうちに、気がつくと、前田ひかりが自主制作している映画の手伝いをすることになっていたのだった。

そう、はじめは手伝いのつもりであった。助手的な立場というか、雑用を引き受けるのだとばかり思っていたのだ。

それが、よもや、主演をさせられるとは……。

今日の撮影現場は、高校のグラウンドである。

だれもいない教室の片隅で、ブレザーから学ランに着替えて、ヘアスプレーで髪をがちがちに固め、廊下に出る。

教室のドアを開けると、有村舞が立っていた。

「いま、教室ってだれもおらへん?」

「ああ」

「じゃあ、着替えてくるから見張っててくれる?」

「わかった」

有村舞が教室に入ったあと、ドアの前でぼんやり立っていると、廊下を通りすぎる女子たちがこちらを指さしてくすくす笑った。

この学校の制服ではなく、背中にド派手な昇り龍の刺繡が入った学ランを着ているのだから、奇異の目にさらされるのも仕方ない。

教室のドアが開き、おなじように学ランに着替えた有村舞が出てくる。

「有村さんって女優志望なわけ?」

俺が話しかけると、有村舞は素《す》っ頓狂《とんきょう》な声を出した。

「へ? 女優? あたしが?」

目をまんまるにして、片手を大きく振る。

「ないないない! なにゆってんの、そんなん、無理に決まってるやん!」

「いや、でも、いつも主演やってるから、てっきり、そうなのかと」

これまでに前田ひかりが作った映画は短編を含めて三本で、どれも有村舞が主演だった。ぱっと見では、有村舞はべつに美人だという印象は受けない。若干、目が離れており、カエルっぽい顔だ。だが、映像になると、不思議な安定感があった。ほかの女子やおそらく前田ひかりの家族だろうと思われるおばさんやおじさんが脇役として出ていて、みんな演技が壊滅的であるなか、有村舞だけは安心して見ていられた。

女優というのは、なにも飛び抜けて美人でなければなれないわけではない。むしろ、美人ばかりだとキャスティングがおかしくなる。有村舞には自然な演技力があるので、プロを目指していてもおかしくはないと思った。

「だって、ほかにひと、おらへんし」

並んで歩きながら、有村舞は言う。

「ほんまは、ひかりちゃんにも、ほかの子で撮りたいっていう気持ちがあると思うねん」

「そうか？　むしろ、有村のおかげで、前田の映画はもってるようなものだと」

はっきり言って、前田ひかりに映画監督としての才能があるとは思えなかった。

それでも、どうにか作品として見られるレベルであるのは、有村舞の存在感によるところが大きい。

「ひかりちゃん、ずっと、映画に出てくれる男の子を探しててん。いつも放送部とか演劇部とかの子に手伝ってもらうんやけど、みんな女子ばっかりやから」

なるほど。それで、転校してきたばかりの俺が目をつけられたというわけか。

「この番長の映画もすごくやりたかったみたいで、うちの弟に頼みこんだりもしたんやけど、最後のシーンがネックで断られたんよね……。引き受けてくれて、ほんま、ありがとう」

有村舞はわざわざ立ち止まり、こちらを向いて、礼を言った。

「それ、有村が言うことか。前田に礼を言われるならまだしも」

俺が歩き出すと、有村舞もそれにつづく。

「あたしがうれしいから。あと、ごめんねって謝っとく。ひかりちゃんが強引に誘ったせいで、迷惑してへん？」

実際のところ、ものすごく迷惑していた。

前田ひかりに声をかけられたことにより、クラスの男子と話す機会を失い、俺は転校初日から友達づくりに失敗したのだった。いまとなっては、もう男子のどのグループにも入れる気がしない。

こんなバカバカしい映画に出演しているのは、ある意味、自暴自棄になっているからだと言えた。

引っ越しをせず、あのまま東京の高校に通っていれば、新しい友達を作る必要もなく、平穏な学校生活を送って、受験勉強にも集中できただろう。それなのに、高校二年という時期に転校させた両親へのあてつけ、憂《う》さ晴らし。俺は残りの高校生活をまっとうに過ごすことを諦《あきら》めたのだ。

「あたし、中学のとき、友達ひとりもおらへんかってん」

俺に友達ができていないことを気遣っているつもりか、有村舞はそんなことを言う。

「目立つグループの女子に嫌われちゃって、だれも話しかけてくれへんようになって。でも、高校ではひかりちゃんっていう親友ができたから、すごくうれしくって。ひかりちゃんが映画を撮りたいって言うから、あたしが出てるけど、もし、ほかに演技のうまいひとがおったら、そのひとが出たらいいと思うし。ほんまやったら、あたしは裏方の人間やから」

下駄箱で靴を履《は》き替えながら、有村舞はそんな言葉を口にした。

「それを言うなら、俺こそ裏方の人間だ」

いや、裏方ですらない。

これまでは鑑賞者だった。

映画は好きだったが、自分で作ろうなんて考えたこともなかった。観ているだけなら、好き勝手に批評できる。だが、作る側になれば、無傷ではいられない。

俺はいま、己の行いがどれだけ愚かなものであるか、きちんと自覚できている。映画に出ている自分なんて、恥ずかしくて直視できないだろう。黒歴史になることは確定で、眠る前に思い出しては布団を被《かぶ》ってわあわあ喚《わめ》きたくなるに決まっているのだ。

グラウンドに出ると、前田ひかりのすがたがあった。

カメラを構えて、校舎を見あげている。

俺たちに気づいて、前田ひかりはカメラを構えたまま、こちらを向いた。

「はい、それじゃ、今日のシーンへの意気込みを語ってください」

インタビュー口調なのは、メイキングを撮っているつもりなのだろう。

「えっと、精一杯やるだけです！」

有村舞が真面目に答える。

俺も渋々といった感じで口を開く。

「まあ、監督がうまく撮ってくれるんじゃないっすか」

ちなみに、今日の撮影はキスシーンだ。これまでお互いを宿敵だと思っていたふたりが、異性として惹《ひ》かれ合うようになり、共闘の末、結ばれる……。キスシーンで終わるなんて、なんともベタな演出である。

前田ひかりは三脚を設置して、カメラを固定した。

「舞はここに立って」

有村舞をスタンバイさせると、向き合った前田ひかりは代役をしながら、俺に演技指導を行う。

「最初に、こうやって、お互い、拳をこつんって感じで、軽くぶつけあう。そんで、つぎに、見つめあって、舞が目を閉じるから、こんな感じで手を肩に置いて、顔を近づける。おっけ？」

もちろん、本当にキスをするわけではなく、寸止めである。

撮影する角度で、うまくごまかすのだ。

「ああ、わかった」

前田ひかりと入れ替わるようにして、俺は有村舞の正面に立つ。

「三方向から撮りたいから、かなり何度もやってもらうことになるんやけど」

前田ひかりの言葉に、有村舞は元気に片手をあげる。

「はーい、がんばります」

カメラが三台あれば、一台は有村舞の顔、一台は俺の顔、一台は横から全体像を撮るというように、おなじシーンをさまざまなカット割りで撮影することができる。だが、実際には一台しかないので、異なる視点からの映像を撮るためにはカメラを移動させて、演技を繰り返すしかない。

前田ひかりの「アクション！」という声に合わせ、俺は指示されたとおりの動きをする。

映画が完成したら試写会をするつもりだと、前田ひかりは話していた。前の学校にいたころなら、絶対にだれにも見られたくないと考えただろう。だが、ここには俺のことを冷やかすような友人も知人もいない。まわりの人間にどう思われるかを悩む必要はない。やれと指示されたからやる。それだけだ。

「カット！　うん、いい感じ。舞、めっちゃ可愛いって、ほんま！　今度はもうちょっと、こっちに体を傾けてくれる？　そうそう、それでばっちりやわ。よし、そんじゃ、もう一回」

それから、俺は何度も何度も、有村舞の顔に自分の顔を近づけた。

余計なことは考えず、ただ演技に集中する。

「カット！　おっけー、おっけー。ではでは、カメラの位置、変えるから」

この撮影のため、昨日の夜から食事に気をつけ、こまめにフリスクを口に入れ、弁当を食べたあとは念入りに歯磨きをして、直前にはミント味のガムを噛《か》んでおいた。それでもいちおう、至近距離のときはできるだけ息を止めておく。

「カット！　ふたりとも、お疲れ！　最終、こっちの角度から撮るから」

前田ひかりはカメラを俺たちの真横にセットすると、また「アクション！」と声をかける。

経験というのは、実に不思議なものだ。こんなに至近距離で女子と見つめあうことも、肩に触れることも、回数を重ねるうちに、すっかり慣れてきた。

撮った映像を確認して、前田ひかりは「うーむむ……」とつぶやき、わずかに首を傾《かし》げる。しばらくなにか考えこんでいたようだが、ぱっと顔をあげて、俺たちのほうを見た。

「どうせやったら、ほんまにキスしてみいひん？」

はあ？　なにを言い出すんだ、こいつ。

俺はぎょっとして、有村舞へと目を向ける。

有村舞も目をまるくしており、俺と視線が合うと、困ったように笑った。

「舞が嫌やったら、無理にとは言わへんけど。なんか、ふたり、いい雰囲気やし、ここは一発、ほんまにやっちゃうのもアリかなと思って」

一発とか、軽々しく言うな！　本当に下品で、図々《ずうずう》しくて、デリカシーに欠ける女だ。

「どう？　舞、チャレンジしてみるのもええと思わへん？」

前田ひかりはそんなことを言って、有村舞に迫っていく。

「えっと、それは……。えーと、えーと、う、ううん……」

有村舞は逡巡《しゅんじゅん》した挙句、こくりとうなずいた。

「わかった、がんばる」

「いえーい、さすがは舞！　じゃ、さっそく、本番いくよー」

おい、待てよ！　がんばる、じゃねえだろ！　そんなにあっさり決めていいのか！

「ちょっと、待て。俺の意見は？」

俺が口を挟むと、前田ひかりはきょとんとした顔でこちらを見た。

「そんなん、きみにとっては撮影でキスできてラッキーって感じやねんから、なんも問題ないやろ？」

なんという言われようだ。

ああ、本当に、この女、めちゃくちゃ腹が立つ！

なにがムカつくって、前田ひかりの言葉はあながち間違いではなく、それどころか図星であり、即座に否定できなかったところだ。

ああ、そうだ、そうだとも。一瞬、その気になった。なんてラッキーな展開だと思った。このまま流されてしまえ、と心のなかで悪魔がささやいた。役得だ。千載一遇《せんざいいちぐう》のチャンス。こんな機会でもなければ、女子とキスすることなんて……。

だが、どう考えても、まずいだろう。

好きでもない相手とキスをさせられるなんて、有村舞がかわいそう過ぎる。それに、俺だって……。

だいたい、前田ひかりは有村舞のことをなんだと思っているんだ。友達というより、自分に都合のいい駒としか考えていないのではないか。

そして、有村舞よ。おまえも、おまえだ。いくら唯一の友達だからって、言われるままになってるんじゃねえよ！

だが、その気持ちは痛いほど理解できた。

俺と有村舞は、似た者同士だ。

自分の内側に信じるものがなく、孤独をおそれている。親友が望むなら、その期待に応《こた》えたい。もし、俺が有村舞の立場なら、おなじようにうなずいてしまっていたかもしれない。だからこそ、流されるわけにはいかなかった。

「俺はお断りだ。実際にする必要ないだろ。ここは演出でうまく見せろよ」

すると、前田ひかりは不服そうに口をとがらせた。

「えー、ちょっと信じられへんねんけど。せっかくキスできるチャンスやのに、アホなんちゃう」

「だから、有村の気持ちを考えろって」

「舞はええって言ってるやん」

「おまえが無理に言わせてるんだろうが」

「そんなことないって。ねっ、舞？」

前田ひかりが顔を向けると、有村舞は大きくうなずく。

「うん！　あたしなら、やれるから」

俺は深く溜息《ためいき》をついたあと、有村舞から目をそらして、前田ひかりのほうを見た。

「じゃあ、俺の気持ちを考えろよ」

「男子的には、キスできてラッキー、やろ？　それ以外になにがあるっていうん？」

解《げ》せぬとでも言いたげな前田ひかりの態度に、俺は苛立《いらだ》ちを抑えきれない。

「あのな、男だからって安易にひとまとめにするな。人間に対する理解がそんなに浅くて、いい映画が作れると思うのか？　もっと他人の気持ちを考えろ！　想像力を使えよ！」

こいつは俺のことなんか見ちゃいない。

名前を覚えているかすら怪しいものだ。

自分の作る映画にしか興味がなくて、自己中心的で、傲慢《ごうまん》で、本当にいまいましい……。

「とにかく、俺はもう降りる。おまえの映画にはこれ以上つきあえない」

俺はそう言い残して、教室に戻った。

3

その後、前田ひかりは俺に一切、話しかけてこなかった。

映画に出ないなら、用はないということだろう。

有村舞はなにか言いたげにこちらをちらちら見ていたが、俺はあえて気づかないふりをした。

そして、降板宣言から二週間ほど経《た》ったある日のこと……。

土曜の夜、なにをするというでもなくスマホをいじっていると、前田ひかりからメッセージが届いた。

そこには「明日の午前十時、河原で待つ」とだけ書かれていた。

果たし状のようなその文面に従い、翌日、俺は指定された場所に向かった。河原といっても広いが、前田ひかりが言わんとしているのは撮影で使ったあたりのことだろう。

電車を降りて、土手の道をしばらく歩いていると、空に煙が立ちのぼっているのに気づいた。

なんだ？　火事か？

よく見ると、行く手にはたくさんのひとが集まっていた。

俺は足早にそちらへと近づく。

そして、目を見開いた。

河原が、燃えていたのだ。

一面に生えていた枯れ草に炎が広がり、白い煙がもうもうと立ちこめている。

周囲には消防車が何台も止まっており、銀色の防火服を着た消防士のすがたもあった。消火活動をしているというより、燃え具合を確認しているようだ。火事ではなく、イベントかなにかなのだろう。そろいのジャンパーを着たスタッフらしき人物が、炎をみつめながら、なにやら話しこんでいる。

見物人のなかには地面に座りこんでいるひともいれば、でかいレンズをつけた一眼レフカメラで写真を撮っているひともおり、緊迫感はまったくなかった。

炎の向こうでは淀川が穏やかに流れている。水がすぐそばにたっぷりとあるおかげで、火に対する恐怖を感じないのかもしれない。

土手に立ち並ぶひとたちの後ろを進み、俺は前田ひかりを探す。

霧のような白い煙に混じって、黒い煙がたなびき、バチバチと木の爆《は》ぜる音が聞こえた。煙に追われるようにして、アオサギが地面すれすれを飛んでいく。

前田ひかりは土手の端に立ち、カメラを構えて、炎と向き合っていた。

俺は少しのあいだ、その横顔を見つめる。

「ひとを呼び出しておいて、無視すんなよ」

一向にこちらに気づく様子がないので、仕方なく声をかけた。

「ああ、ごめん、いま、いいとこやから」

悪びれることなく、前田ひかりは撮影をつづける。

「炎の赤、きれえやなあ。めっちゃ迫力ある」

うっとりした声で言ったあと、ようやくカメラを下げて、こちらを向いた。

「鵜殿《うどの》のヨシ原焼きって言うて、毎年やってるらしいけど、全然知らんかったわ」

用件は切り出さずに、そんなことを言う。

「このへんに生えてる草はヨシで、雅楽の楽器にも使われてる貴重な植物やねんて。そんで、年に一回、火をつけて燃やすことで、雑草とか害虫とかが減って、新しいヨシがすくすく育つらしい。さっき、係のひとが説明してはった」

聞きかじった知識を披露《ひろう》する前田ひかりに、俺はひややかな眼差《まなざ》しを向ける。

「ふーん。で？　呼び出した理由は？」

ぞんざいな話し方になってしまうのは、寝不足のせいもあった。なんの用なのか気になって、昨夜は一睡もできなかったのだ。

「このあいだ、きみに言われたこと、私なりに答えが出せたから」

俺の目を見て、前田ひかりは言う。

「たしかに、いい映画を作るためには人間に対する理解が必要やよね。だから、改めて、きみのことについて、じっくり考えてみてん」

　俺は黙ったまま、言葉のつづきを待つ。

「よう考えたら、きみに番長の役っていうのは無理があったと思う。どっから見ても、ケンカ弱そうやし、声にも迫力ないし」

　ちょっとは反省しているのかと思ったら、早々にディスりはじめるとか、こいつ、謝る気まったくないだろ。

「そういうわけで、きみというキャラクターを掘り下げて、あてがきで、シナリオ作ってみてん」

「は？　あてがき？」

　あてがきとは演じる役者に合わせて脚本を書くことだが、俺がまだ映画に出るとでも思っているのだろうか。

「そう、あらんかぎりの想像力を駆使して、きみにぴったりの役を考えてみました。これやったら演技力も必要ないし、ありのままで演じてくれたらええから！」

　前田ひかりは自信満々で、新しい映画の企画について語り出した。

「きみの役は冴えないオタク男子やねんけど、ひょんなことから炎を操る能力を手に入れる。で、舞の演じるヒロインのことが好きで、ピンチを助けたりして、仲良くなるねん。でも、ヒロインがサッカー部のモテ男に片思いをしてるのに気づいて、主人公はふたりの仲を取り持とうとするんよね。けれど、それは本心に反する行動で……。そうこうしているうちに、主人公のなかにべつの人格が生まれ、そいつが暴走をはじめる……っていう話やねんけど、どう？　面白そうやろ？」

つまり、俺のありのままのすがたは「冴えないオタク男子」だと、そう言いたいわけだな。まったくもって失礼極まりないが、ああ、そうだ、そうだとも、その役なら俺にぴったりだ。

「サッカー部のモテ男のキャストは？」

俺の質問に、前田ひかりは答える。

「だれってわけじゃなく、サッカー部の練習を遠景で撮らしてもらうつもり」

「主人公はヒロインとは結ばれないんだな？」

「うん。暴走した人格といっしょに炎を操る能力も封印されて、主人公はもとの普通の男子に戻るねん。で、引っ越すことになって、ヒロインになにも言わないまま、孤独に去って行く」

前田ひかりは俺のためにキャラクターを掘り下げたと言っていた。たしかに、この企画は俺のツボを突いていた。特に途中でダークサイドに落ちるところなんか、めちゃくちゃ好みの展開じゃねえか。

「主人公がすべてを胸に秘めておくっていうラストは切なくていいかもな」

「やろ？　だいじょうぶ、そのあたりはちゃんとわかってるから」

俺の顔をのぞきこむようにして、にやりと笑うと、前田ひかりは言った。

「舞のことが本気で好きやからこそ、映画で安易にハッピーエンドにするのは嫌なんやんな」

その言葉を聞いて、俺は啞然《あぜん》とする。

こいつ、なに言ってやがる……。

「このあいだの撮影で怒ってたんも、ほんまに舞のこと好きやのに、撮影にかこつけてキスするなんて許されへんって思ったんやろ。男の純情ってやつ？　最初はアホちゃうかと思ったけど、そう考えたら気持ちはわからんでもないから」

うんうんとうなずいてひとりで納得しているすがたに、俺は絶望的な気持ちになった。

やっぱり、全然、わかってねえ！

なんで、俺が有村舞を好きだってことになってるんだよ。そうじゃないだろ。俺が好きなのは……。

「俺を撮れ！」

そう命じて、俺は炎に向かい、手をかざす。

前田ひかりはカメラを構えて、俺に対峙《たいじ》した。

「ふははっ、燃えろ、燃えろ！」

抑圧されたもうひとりの人格があらわれ、高笑いしながら、紅蓮《ぐれん》の炎を睥睨《へいげい》する。

この女は、俺の気持ちなどまったくわかってはいない。

だが、前田ひかりが想像力を駆使した結果、俺のうちに「炎」を見出したのだとしたら悪い気はしなかった。

自分にはなにもないと思っていたからこそ、前田ひかりの映画作りにかける情熱がまぶしくて、心をかき乱されたのだが……。

俺は役になりきり、めらめらと燃えさかる炎に向かって叫ぶ。

「すべてを焼き尽くしてしまえ！」

黒い犬

1

ペット可の物件。

それが絶対条件だった。

「飼っていらっしゃるのは、犬ですか？　猫ですか？　それによって、ご紹介できる物件も変わってきますので。猫のみ可で、犬は駄目ってところもあるんですよね」

ノートパソコンを操作しながら、不動産会社のおにいさんが訊ねてくる。

おにいさん、なんて心の中では呼んでいるものの、実際には私より年下だろう。濃い紺色のスーツに、無難なストライプ柄のネクタイ、よく磨かれた黒い革靴。短くカットした髪はジェルで整えられ、清潔感があり、やる気にあふれた新人営業マンといったところだ。隆行《たかゆき》も出会ったころはこんなふうだったと思い出す。

「いえ、あの、飼っているというわけではないのですが……。いちおう、念のため、といいますか……」

私のはっきりしない物言いにも、誠実そうな声が返ってきた。

「なるほど。了解いたしました。いまはペットは飼っていらっしゃらないけれど、今後の可能性を考えてというわけですね。それでは、こちらのお部屋など、いかがでしょうか？」

不動産会社のおにいさんはノートパソコンの画面をこちらに向けて、物件情報を見せてくれる。

その部屋はひとり暮らしをするのには十分な大きさだった。採光は南向き、家賃もお手頃だ。三階建てのマンションの最上階で、エレベーターはなし。間取り図の横に、太文字で「ワンちゃん、大歓迎！ネコちゃん飼育の場合、礼金五万円アップ！」と書かれている。

「築年数は少し古いですけど、その分、お家賃が相場よりお得になっています。一度、御覧になられますか？」

「はい。お願いします」

ほかにも候補をあげようとしてくれたけれど、それは断り、一件だけ内覧に行くことにした。

不動産会社の社用車に乗って、さっそく、その物件へと案内してもらう。

コインパーキングに車を停《と》めたあと、住宅地の路地を抜けて、目的の物件へと向かった。

細い道を歩きながら、ずいぶんと昔ながらの町並みが残っているなあ、と感じた。

梅田《うめだ》からそれほど離れておらず、高層ビルやタワーマンションがすぐ近くに見えるというのに、いまにも倒壊しそうな長屋やトタンで補修した古い戸建てが並んでいる。入り組んだ路地には洗濯物がはためいて、生活感があふれているかと思えば、古民家をリフォームしたカフェがあったりして、なかなか素敵な雰囲気だ。

「最寄《もより》駅は阪急の中津《なかつ》駅になりますが、梅田も近くて、かなり便利な立地だと思います」

私が周辺の町並みに好印象を持ったことを感じ取ったのか、不動産会社のおにいさんはここぞとばかりにアピールする。

「レトロな感じが逆にお洒落《しゃれ》というか、隠れ家的なカフェも多くて、最近、人気の高い地域なんですよ」

建物もこぢんまりとして、悪くなかった。くすんだベージュの壁に、規則正しく並んだ窓、エントランスには控えめながらも植物が飾られている。空室なのは、最上階の中部屋だった。ペット可マンションというものの、どの部屋も静かなもので、鳴き声ひとつ聞こえない。階段も掃除が行き届いており、動物の毛などは見当たらなかった。

「やはり、犬を飼ってらっしゃる方が多いのですか？」

階段を上りながら訊ねると、不動産会社のおにいさんは手元の物件情報に目を向けた。

「ほかの住人の方がどういうペットを飼われているかは、ちょっとわからないです。家主さんに電話して、確認しましょうか？」

「いえ、そこまでしていただかなくても……」

階段の途中で息が切れてきた。

散歩の習慣がなくなったので、最近はすっかり運動不足だ。

三階まで辿《たど》り着くと、思いがけないほど広い空が見えた。

マンションの裏手には大きな川が流れていて、視界を遮《さえぎ》る建物がない。

その見晴らしの良さに、思わず足を止める。

雲のたなびく青い空に、群青《ぐんじょう》の水面《みなも》。遥か遠くには、対岸の建物群がかすんで見える。

「眺望良好で、頑張って三階まで上ってきた甲斐《かい》があったなあという気になりますよね」

不動産会社のおにいさんは、その風景を眺めて、どこか誇らしげに微笑んだ。

「淀川《よどがわ》が近いので、夏には特等席で花火大会を楽しめますよ」

その声にはセールストーク的なところがなく、本当に花火大会が楽しみな気持ちが込められているように感じた。

不動産会社のおにいさんが玄関ドアの鍵《かぎ》を開け、私もあとにつづく。

部屋に入ると、人工的な匂いがした。リフォームした際に使った壁紙の接着剤の匂いなのだろう。用意されていた布製の薄いスリッパを履《は》き、私はこれから暮らすことになるかもしれない場所を確認していく。

張り替えたばかりの真っ白な壁紙、木目調のクッションフロア、年季の入った建具《たてぐ》、狭い浴室、時代遅れのシャンプードレッサー。隆行と暮らしていた分譲マンションと比較すれば、見劣りする部分が多いのは当たり前であり、そこは考えないようにする。

「ここにします」

私が言うと、不動産会社のおにいさんは少し戸惑うような表情を見せた。

「本当に、ほかは御覧にならなくてよろしいですか？」

「ええ、大丈夫です」

最初に見た物件で決めてしまうなんて、拍子抜けといったところなのだろう。まず家賃は安いけれど古い物件を見せて、そのあとに高いけれど新しくて綺麗な物件を見せてそちらに決めさせるというのが、一連の流れであり、常套《じょうとう》手段なのかもしれない。それでも、私は選択肢を増やしたくなかった。選ぶという行為をなるべく避けたかった。この部屋を紹介されたのも、なにかの縁だ。ここでいい。

選ぶこと。考えること。決めること。

そういうこと全部から、逃げたかった。

自分の意思で人生を切り開くことに、疲れていた。

なにしろ、熟考した末、この相手なら大丈夫だろうと判断した相手と結婚して、最善の道を選んで来たはずなのに、結局、離婚をして、いま、ひとり暮らしをするための部屋を探しているのだから。

2

骨壺は引っ越しの段ボール箱には入れず、直接、自分で運ぶことにした。

リビングには独身時代からずっと使っているチェストを置き、その上に骨壷と写真立てを飾る。

ここが新しいおうちだよ。

心の中で、そう声をかける。

ワンちゃん大歓迎ということだから、きっと、居心地は悪くないだろう。

写真の中では、トムが真っ黒な瞳を輝かせ、こちらを見つめている。

垂れ下がった耳に、いたずらっ子の瞳。トムという名前は、私がつけた。隆行は「猫の名前みたいやな」と笑ったが、反対はしなかった。ブリーダーさんのところで、子犬の利発そうな顔を見た瞬間、英語の教科書に載っていたトム・ソーヤーのことを思い出したのだ。好奇心旺盛で、機転が利く、やんちゃな少年。新しく迎えることになった子犬にぴったりだという気がしたから、トムという名をつけた。もっとも、隆行には「トムとジェリー」からの連想で、猫の名前だというイメージがあったようだが。

犬を飼おう、と言い出したのは隆行だった。

結婚して二年。基礎体温はつけていたものの、タイミングを合わせてもなかなか妊娠する気配がないので、病院で検査だけでもしてみるのはどうかという話を切り出したところ、そんな言葉が返って来たのだった。

「普通にしてたらええやん。普通に」

隆行は不妊治療というものに難色を示した。

私自身にも、気乗りしない隆行を説得したり、無理強《じ》いするほどの熱意はなかった。必死になって、時間もお金もかけて、その結果、うまくいかないかもしれない可能性を考えると、踏み出すのが怖いという気持ちもあった。

「とりあえず、どんな犬がいいか、考えようや」

隆行の提案通り、犬を飼うことに決め、子供についてはあまり考えないようにした。

いまにして思えば、あれが間違いのはじまりだったのかもしれない。

あのとき、もっと、きちんと自分の気持ちに向き合い、隆行とも真剣に話し合っていれば、また違う人生になっていただろう。

でも、私たちは犬を飼うことを選んだ。

新しい家族を迎えるため、犬種図鑑を眺めるのは、なんとも心躍る時間だった。特に犬好きというわけではなかったのに、いざ飼うとなると、わくわくしてたまらなかった。

隆行は幼いころに犬を飼っていたらしいが、私はこれまでの人生において動物と暮らしたことがなく、きちんと世話ができるか心配だった。なので、本を何冊も買って、事前に勉強をした。食事のこと、トイレの世話、しつけの方法……。

さまざまな犬種について調べた結果、もっとも心惹《ひ》かれたのが、キャバリア・キング・チャールズ・スパニエルという種類の犬だった。くりっとした大きな瞳に、豊かな巻き毛、陽気で遊び好きの性格。犬種をキャバリアに決めると、今度は信頼できるブリーダーさんを探すことにした。

私が着々と犬を飼うための準備を整えているあいだ、隆行は特になにもしなかった。結婚式を挙げたときも、マンションを買ったときも、おなじだった。隆行は調子のいいことを言うものの、具体性に欠け、行動が伴わない。実際に動いて、情報を集め、検討するのは、私の役目だ。

「このブリーダーさん、今度の休みにいっしょに見に行かへん？」

ほぼ最終確認という段階で、隆行に提案した。隆行は犬の写真がたくさん掲載されているホームページをのぞき込むと、少し顔をしかめた。

「うわ、結構、ええ値段やな」

隆行は倹約家であり、生計を共にするにあたって安心感があった。既婚者の友人たちからパートナーの浪費や借金問題の愚痴《ぐち》を聞かされるたび、自分の結婚相手は金銭感覚のしっかりした人物にしようと思ったものだ。隆行の何事においてもコストパフォーマンスにこだわるところは、結婚相手として望ましい資質であったはずなのに、時折、苛《いら》立《だ》ちの理由となった。

「あのさ、こういうブリーダーとかじゃなく、保健所に保護された犬とか、そういうのでもええんちゃう？」

そうすれば救える命があるから……と考えたわけではなく、無料で犬を手に入れることができるという理由から、隆行はそんなことを言ったのだろう。

「でも、どうせ飼うんやったら、自分の気に入った犬種がいいし。子犬から育てるほうが、しつけとかもしやすいと思う」

せっかく飼うのだから、可愛くて、元気で、賢くて、心から愛せるような犬が欲しかった。

そんなふうに考えて、どんな犬でもいいと思えない自分を恥じる。

私が本当に愛情深い人間だったなら、処分されるかもしれない犬を引き取って育てるという道を選んだと思う。捨てられた犬の里親になるという選択肢も考えなかったわけじゃない。けれども、そういう犬を愛せる自信がなかったのだ。ほかの人間に飼われていた犬は嫌だと思ってしまった。まっさらな犬が欲しかった。利己的な考え方だというのは自覚していたから、そこにはあまり触れてほしくなかったのに。

「まあ、ええけど」

隆行はそれ以上、反論することはなく、キャバリアの子犬の写真を見つめた。

「うん、可愛いやん。ええよ。俺も気に入った」

そうして、キャバリアの子犬を迎えることになった。

でも、私たちには犬を飼う資格なんてなかったのだ。

ペット可の物件にこだわったのは、トムといっしょに引っ越すのだということの証明のようなものだった。

たとえ遺骨であっても、トムという存在のために、ペット可の物件を探したかった。

いまのトムは散歩に連れて行く必要もない。

それでも、私は散歩の習慣を再開した。

マンションを出て、淀川沿いを歩く。

河川敷は広々として、草の匂いも心地よく、散歩コースにはうってつけだった。何人ものランナーが通り過ぎて行く。

犬を連れたひとも多く、私の視線は飼い主よりも犬のほうに引き付けられる。いろんな犬がいたが、キャバリアは見つけることができず、残念なような、ほっとしたような気分になる。

あてどもなく歩いて、折り返そうとしたとき、一匹の犬が目に入った。

その犬はリードをつけていないことに気づき、どきりとした。

黒っぽい毛をした中型犬。

三角形の耳がぴんと立ち、きりりとした顔立ちで、甲斐犬の血が入っていそうだ。

首輪をしておらず、繋《つな》がれていない犬だなんて珍しい。

いまどき、野良犬がいるとも思えなかったが、飼い主らしき人物は見当たらない。

黒い犬は立ち止まり、じっとこちらをうかがっている。私が見つめているから、向こうも目を逸《そ》らさないのだろう。

恐怖は感じない。

むしろ、撫《な》でたい、と思った。

「おいで」

片手を差し出して、私はできる限り、穏やかで優しげな声を出してみる。黒い犬は警戒するように尻尾《しっぽ》を立てたまま、近づいてくる気配はない。

「だいじょうぶだから。ほら、おいで」

再び声をかけると、黒い犬は大きく口を開け、あくびをした。

それから、くるりと踵《きびす》を返して、土手を駆け下りてゆく。

川岸にはススキがたくさん生えていた。風が吹くのに合わせて、白っぽい穂がふわふわと揺れる。黒い犬のすがたはススキの向こうに消えてしまった。

ノーリードの犬。

あの黒い犬はだれかに飼われているのではなく、ここで自由に生きているのだろうか。

そう考えて、苦い記憶が蘇《よみがえ》る。

あのとき、隆行が口にしたのも「自由」という言葉だった。

日曜の朝、ふたりでトムを散歩させていた。リードを握っていたのは隆行だ。いまにも降り出しそうな空模様のせいか、公園にはだれもいなかった。普段は遊具で遊んでいる子供たちの声で賑《にぎ》わっているのに、静かなものだった。犬を散歩させているひともいなかった。だから、だれかに迷惑をかけることもないと思ったのだろう。隆行はトムの首輪からリードを外したのだった。

「ちょっとだけ、自由に走らせたろ」

そう言った隆行を、私は止めなかった。

犬の飼い方の本を読んで、ドッグランなどではない場所でノーリードで犬を走らせることがマナー違反だという知識はあった。けれども、いつも繋がれていて可哀想だという思いもあり、強く反対できなかった。

実際、トムは嬉しそうだった。弾むような動きで、豊かな毛をそよがせながら、全速力で走った。いつもは出せないようなスピード。本気で走ると、こんなにも速いのだ。トムが自由にかけまわっているのを見て、こちらも幸せな気持ちに満たされた。

そして、つぎの瞬間、それが起こった。

いきなり、隆行も走り出したのだ。トムのほうに向かって。トムを追いかけるように。

「ほら、待て待て、トム！」

トムはますます嬉しそうに尻尾を振って、その場でくるりと振り向いた。

なあに？　追いかけっこ？　負けないよ。

いたずらっ子の瞳で、隆行のほうを見たあと、トムはまた走り出す。

隆行にしてみれば、ちょっとふざけたつもり、だったのだろう。隆行が追いかけ、トムはどんどん走り、公園の入口にある車止めのあいだを抜け、車道に飛び出した。

「駄目よ！　トム！　戻って！」

私はそう叫んだと思う。でも、はっきりとは覚えていない。もしかしたら、全身が凍りついたようになり、言葉は出せなかったのだろうか。叫んでいようといまいと、どちらにせよ、変わりはなかった。

キャインッ、という悲痛な鳴き声。タイヤにぶつかったときの鈍い音。そして、ドライバーの「ちゃんと繋いどけ、ドアホ！」という怒鳴り声。遠ざかる車のエンジン音。

すべてが、あっという間の出来事だった。

道路に横たわったトムに走り寄り、抱きあげて、動物病院へと急いだ。

そのあとのことはつらすぎて、記憶に靄《もや》がかかったようになっている。

気がつくと、トムは骨になっていた。

つるつるとした陶器の四角い入れ物が、私の目の前にはあった。

ペット火葬の手配をしたのは隆行だった。いつも口ばかりで自分では動かないくせに、やればなんでもできるのだ。

悲しみの底まで沈んだあと、泣くのをやめた私はひたすら隆行を責めた。

どうして、あんなことをしたのか、と……。

でも、リードを外すことを止めなかった私も同罪だ。隆行に対して、そんなことをしてはいけない、ときっぱりと言うべきだった。毅然《きぜん》とした態度を取れず、黙って見ていたのだから、私に責める資格なんてない。

トムが私たちのところに来て、五年目のことだった。平均寿命を考えると、まだまだ生きることができたはずだ……。

黒い犬が走り去ったあとも、私はその場に立って、ぼんやりと川を見つめていた。

一羽の鳥が飛んできて、水面ぎりぎりまで降下すると、くちばしで魚を捕らえる。

そして、また、どこかに飛び立っていった。

3

平日は仕事があるから、余計なことを考えず、ルーティンで動くことができた。起きて、通勤して、働いて、帰って来て、眠る。ベッドに入ったときに、ぬくもりが恋しくて、泣きながら眠ることもあったが、求めているのは夫ではなく、犬の体温だった。

休日はなにもする気になれなかったけれど、引っ越してきてからは河原を散歩することが習慣になった。

家を出ようとして、ふと、あの黒い犬のことを思い出す。

今日もいるだろうか。

押入れの段ボール箱から犬用のビスケットを取り出した。トムのものを仕舞っている段ボール箱だ。首輪やリードやおもちゃや食器やレインコートなど、トムがいなくなったあとも、なにひとつ捨てることができなかった。食べかけのドッグフードといっしょに、小分けの袋に入った犬用のビスケットもあった。このまま置いておいても、賞味期限が切れてしまうだけだ。それなら、あの黒い犬にあげても……。

犬用のビスケットをポケットに入れて、マンションの階段を降りる。ちょうど二階の住人が玄関から出てきた。二階の住人はチワワを連れていた。私は「こんにちは」と声をかけ、向こうも「こんにちは」と返す。お互いに犬を連れていれば、それ以上の会話もあったかもしれないが、チワワを連れた住人はこちらにほとんど関心を持つことなく、足早に去って行った。

空には一片の雲もなく、淀川の水面はきらきらと輝いていた。

こんなに素敵な場所の近くに引っ越してきたのに、私には散歩をさせる犬もおらず、ひとりきりだというのが、なんだか無性に切なくなる。

離婚を切り出したのは、私のほうだった。

最初のうちは、隆行も自分の行いを悔いて、ものすごく落ち込んでいた。だが、おなじようにトムを愛していたのだとしても、私と彼はべつの感受性を持つ人間だった。彼が立ち直りの早い性格でなければ、いまも私たちは家族でいられたかもしれない。私はどうしてもトムの遺骨と離れがたく、暇さえあれば膝に載せ、めそめそと泣いていた。そんな私に対して、隆行はいつしか白けた目つきをするようになった。

「いつまでそうしてる気やねん」

厳しい口調で、隆行は言った。

「ずっと、うちに置いとってもしょうがないやろ。ちゃんと埋めたらんと、逆に可哀想ちゃうんか」

それから、自分の態度が冷たすぎると思ったのか、罪悪感をごまかすような明るい声《こわ》音《ね》で、隆行は付け加えた。

「また新しい犬を飼えばええやん」

その一言が、どうしても許せなかった。

ああ、駄目だ。このひととは、もう、やっていけない……。

隆行も私と結婚生活をつづけることになんらメリットを見いだせなくなっていたらしく、すんなりと離婚に応じた。

結婚をすることも、犬を飼うことも、どんな犬にするかも、離婚をすることも、自分で決めたけれど、こんなはずじゃなかった……と思う気持ちがあることは否めない。

休日の河原には、楽しげなカップルや笑い声をあげる家族連れや犬を散歩させているひとなどがたくさんいた。まるで幸福という名の情景の展覧会みたいだ。

私はひとり、黒い犬を探し求める。

このあいだ出会ったのとおなじ場所にやって来たが、見つけることはできなかった。そこで、土手を降りて、ススキの茂みの近くへと歩いていく。

しばらく進むと、白い立て札に気づいた。立て札には「野犬に注意」と書かれていた。野犬とは、あの黒い犬のことを指しているのだろうか。

野良犬が危険だという考えはわかる。噛《か》まれでもしたら大変だ。それでも、自由に生きている犬が、捕らえられ、保健所に連れて行かれることを考えると、胸が張り裂けそうだった。

しばらく歩いていると、ススキの茂みがごそごそと動き、黒い犬が顔を出した。

その凜々《りり》しいすがたを目にした途端、自分でも滑稽《こっけい》だと思うほど嬉しくなった。

「おいで。今日はいいものがあるよ」

食べてくれるだろうか……とドキドキしながら、犬用のビスケットを差し出す。

「はい、どうぞ。食べて」

黒い犬はゆっくりと近づいてきた。

そして、私の手に濡れた鼻を寄せ、ぺろりと舌を出して、ビスケットを食べた。

ビスケットのお礼というわけではないのだろうが、私が身をかがめて、頭を撫でようとしても、黒い犬は逃げなかった。毛並みは硬く、すべらかで、力強かった。トムの毛のふわふわとした絹のような手触りとはまったく別物だ。

黒い犬のしっかりとした毛を撫でていると、泣きたくなるような愛《いと》おしさが湧きあがってきた。

私のものではない犬。だれのものでもなく、ただ、一匹の犬として存在している……。トムに対するのとはちがう種類の愛情だ。トムは私の犬だった。自分の犬だからこそ、愛おしかった。ほかのどんな犬よりも、うちの犬が最高に可愛いと思うのが、飼い主というものだ。

私と黒い犬には、なんの関係もない。

それなのに、愛おしくてたまらないなんて、おかしな話だ。

いつまでもぬくもりを感じていたかったけれど、しつこく撫でて、嫌がられることは避けたかった。私は立ちあがり、黒い犬に背を向けて、歩き出す。

ついて来たりしないかな、と思う。

期待を込めて、背後の気配を探る。

だが、黒い犬は私のあとにはつづかず、どこかへ走って行った。

4

ビスケットはまだ残っていたけれど、わざわざ新しく犬用のささみを買って、つぎの週末も河原へと出かけた。

トムのものを次から次へと黒い犬にあげてしまうのは、どちらに対しても不誠実なように思えたのだ。それに、黒い犬にはビスケットよりも、ささみが似合う気がした。

黒い犬と会うことを考えると、心が浮き立った。鼻歌まじりに散歩の準備をしていたところ、写真立てのトムと目が合って、少し気まずさを感じた。悲しみが薄れたわけではない。喪失感はなにものにも埋められない。決して、あの黒い犬をトムの代わりにしようなんて考えているわけではないのだ。トムの代わりはどこにもいない。そんなの考えるまでもないことだ。

いつもの場所に行くと、すぐに黒い犬を見つけた。

犬用のささみを差し出すと、黒い犬は近づいてきて、その場で大人しく食べた。食べ物だけ奪って逃げるということはない。野良にしては、人間に慣れているように思えた。かつては飼い犬だったのかもしれない。

　そのとき、短い口笛が聞こえた。

　黒い犬は耳をぴんっと立て、顔をあげる。

「クロ！」

　その声を聞くと、黒い犬は脇目もふらず走り出した。

　声がした方向には、薄汚れたおじさんが立っていた。髪はぼさぼさで、垢《あか》じみた服を着て、空き缶をたくさん積んだ自転車を押しており、いわゆるホームレスだということは一目で見て取れた。

　黒い犬は嬉しそうに尻尾を振り、おじさんについて歩く。私も思わず、そのあとを追いかけた。おじさんは自転車を押しながら、近くの橋の下までやって来ると、坂道を降りた。そこにはブルーシートで覆《おお》われた小屋のようなものがあった。鉄パイプやベニヤ板で補強され、周囲にはドラム缶や三角コーンなどが並び、家庭菜園のようになっているところもあり、ホームレスというにはずいぶんと立派な住処《すみか》だ。戸口の脇には、キャンプで使うような折り畳み式の椅子があった。おじさんは自転車を止めると、その椅子に腰かけて、コンビニの弁当を食べだした。黒い犬はおじさんのすぐ横で寝そべっている。おじさんは割《わ》り箸《ばし》で弁当のおかずをつかむと、黒い犬のほうに放り投げた。黒い犬は顔をあげて、それをぱくりと食べる。食事が終わると、おじさんはブルーシートの小屋に入って行った。黒い犬もつづいて、小屋のなかへと消えた。

なんだか裏切られたような気分だった。

クロ、だなんて、そんなありきたりな呼び名をつけられて……。

黒い犬はあきらかに、おじさんに懐《なつ》いていた。飼われている、とまではいかないかもしれないが、両者のあいだに特別な絆《きずな》とでもいうべき親密さがあることは感じ取れた。

正直に言えば、がっかりした。

それなのに、私はやっぱり、あの黒い犬のことが忘れられなかった。

5

翌週もまた、黒い犬に会うため、河原に出かけた。犬用のささみをポケットに入れて。トムに対して、幾分かの後ろめたさを感じながら。

土手の上にも、ススキの茂みの近くにも、黒い犬のすがたはなかった。

もしかしたら、あっちにいるのかも……。

小屋のことを思い出して、橋のほうへと行ってみる。坂道の上から様子をうかがってみたが、ブルーシートの小屋にひとの気配はないようだった。

私は短く口笛を吹いてみた。

すると、黒い犬が小屋の向こうの草陰から顔を出して、坂道を駆け上がってきた。

おじさんとの関係を知ったのに、それでも、黒い犬を見つけると、心が弾んだ。

「おまえ、クロって呼ばれてるの？」

そう声をかけると、黒い犬は人間みたいな動きで小首を傾《かし》げた。

「まあ、いいや。はい、あげる」

黒い犬は嬉しそうに尻尾を振って、私の手からささみを食べた。

今日も空は晴れ渡り、あたりはまぶしいほどの光に包まれていた。黒い犬の毛は、太陽の熱を含んで、ほんのりと温かかった。耳の後ろから背中にかけて、ゆっくりと撫でると、黒い犬は伏せの姿勢をして、くつろいだ様子で目を細めた。

「こいつのこと、気に入ったんか？」

臭気を感じて、振り返ると、ホームレスのおじさんが立っていた。

「連れて帰ってもええで」

まるでこの黒い犬が自分のものであるかのような言い草に、むっとした。

「あなたが飼っている犬なんですか？」

「そういうわけやないんやけどな。そのへんでうろついとったのが、いつのまにか、居ついてもうたんや」

それはなんだか原始の犬との関係という感じがして、羨《うらや》ましくすらあった。

まだ野生動物だったころのイヌが、みずからの意思で、ヒトのそばにいることを選んだ……。

「あんたの犬ということにしたらどうや。そうしたら、あいつらもややこしいことを言わへんやろうし」

そう言いながら、おじさんは視線を前方へと向ける。

そこには、見知らぬ男性たちがいた。

市役所の制服を着た男性が三人ほど、こちらに歩いて来る。それぞれ、手に檻《おり》やワイヤーのついた網のようなものを持っていた。

突然、黒い犬が飛び起きた。

黒い犬が走り出すと、制服を着た男性たちが一斉《いっせい》に動きを止め、声をあげた。

「いたぞ!」

「あっちだ!」

黒い犬は土手を駆け下りて、川の近くの茂みへと入っていく。

私は堤の上に立ったまま、その様子をはらはらしながら見ていた。

「大方、役所のほうに苦情でも入ったんやろ。危険な野犬を駆除してくれ、ってな」

おじさんは平然とした口調で言う。

「そんな……」

「市民から通報があれば、まあ、かたちだけでも動いとかんとあかんのやろうし、ご苦労なこったで」

捕まったら、保健所に連れて行かれてしまう。

それなのに、おじさんの態度は呑気《のんき》なものだった。

黒い犬を追って、制服を着た職員たちも生い茂る草をかきわけ、川岸のほうへと近づいていく。

「こんなところでぼーっと見ている場合ですか！」

私は思わず叫ぶと、おじさんに詰め寄った。

「助けてあげないと！」

黒い犬はすばしっこく逃げまわっていたが、相手は三人であり、ついには追いつめられた。左右と前方から、手に網のようなものを持った職員たちがじりじりと近づいてくる。背後には川が広がっており、逃げ場はない。

「捕まっちゃいますよ。捕まるってば！　助けないと。ねえ、なにやってるんですか！」

私は必死で訴えるのに、おじさんはまったく動く様子はない。

「ええから、ええから。放っとき」

こうなったら、自分で助けに行くしかない。

そう思って、土手を降りようとしたとき、ばしゃんっと水の音がした。

黒い犬が川に飛び込んだのだ。

水飛沫《みずしぶき》をあげたあと、黒い犬は悠々《ゆうゆう》と泳いで、岸辺から離れていく。

私は驚きに目を見開き、川面《かわも》を進む黒い犬を見つめた。

残された職員たちはもう手も足も出せない。

しばらくその場で様子を見ていたが、諦《あきら》めたようですごすごと引きあげていった。

「すごい！　あはは！　泳いでる！」

ほっとした途端、痛快な気分になり、私は声を立てて笑った。

黒い犬は流されながらも、無事、対岸へと辿り着いた。岸にあがると、全身を震わせて、毛についた水滴を落とす。

トムとおなじ動作だ。トムはあまりシャワーを嫌がらなかった。体を洗ってあげたあとは、あんなふうに全身を震わせて、さっぱりしたような表情を浮かべたものだ。

もしかしたら、トムも泳げたのだろうか。生きているあいだに、一度だって、川や海に連れて行ったことはなかった。

そうだ、散骨をしよう。

ふいに、そう思った。

トムの真っ白な骨の欠片《かけら》がさらさらと舞い、川面に反射する光といっしょになって流れてゆくイメージが、頭に浮かぶ。

そうして、心地よさそうに、トムはどこまでも川を泳いで行くのだ。

自由の代償

1

早朝。晴天。

淀川《よどがわ》沿いを歩いていると、社訓唱和の声が響いてきた。

「ひとつ！　すべてはお客様のために！」

前に立った男が声を張りあげ、横一列に並んだほかの者たちがおなじ言葉を繰り返す。

「ひとつ！　すべてはお客様のために！」

近くにタクシー会社があるらしく、そこの社員たちが河川敷で朝礼を行っているのだ。

これまでにも何度か、散歩の折に見かけたことがあった。ラジオ体操をしたあと、タクシー運転手としての心得を大声で叫ぶ。

「ふたつ！　いつも笑顔で！」

「ふたつ！　いつも笑顔で！」

「みっつ！　安全、丁寧な運転を！」

「みっつ！　安全、丁寧な運転を！」

がなり立てるような声に不快感を覚え、顔を背《そむ》けるようにして足早に通りすぎる。

昔から、ああいうのは苦手だ。

集団行動に馴染《なじ》めない。協調性に欠ける。一致団結してなにかに取り組もうという意欲を持ち合わせていないのだ。

一方で、ひとりでいることはまったく苦にならなかった。生来、孤独を愛す。相場師にはうってつけの性格なのだろう。人の行く裏に道あり、花の山。そんな格言を思い出しつつ、河川敷をどんどん歩いて行く。

水辺を眺めていると、一羽の白い鳥がいるのに気づいた。くちばしは鋭く、首はほっそりと優美な曲線を描き、足はすらりと細長い。おそらく、サギの一種だろう。鷺洲《さぎす》という地名だけあって、このあたりではよくサギを見かける。

緑色をした水辺の草やその色を反射した川面《かわも》において、白い鳥はよく目立つ。すっと立っているすがたは美しく、気品すら感じられた。カルガモのように群れたりはせず、サギは一羽で水面《みなも》をじっと凝視している。孤高のハンターとでもいった風情は好ましく、共感すら抱く。

自分もまた、これからひとり、狩り場へと赴《おもむ》くのだ。

中津《なかつ》まで来ると、階段を降りて、住宅地を進み、天神橋筋《てんじんばしすじ》商店街へと向かう。アーケードを歩くうち、激安を主張するド派手な黄色い看板が見えてきた。一見、パチンコ店かと見紛《みまご》うようなケバケバしさではあるが、生鮮食品や日用品を扱うスーパーマーケットである。

今日の目当ては、一円のバナナだ。

かごを持ち、山積みになったバナナのうちから、もっとも状態の良いものを選ぶ。普通のスーパーでも、バナナは熟《う》れすぎたものが見切り品として特価になっていることはあるが、それでもさすがに一円では買えないだろう。ほとんど傷もなく、普通のスーパーでは九十八円で売られていてもおかしくはないであろう大きさだ。まずは一円とは思えないクオリティのバナナを確保する。

それから、もうひとつの一円セールの商品であるエクレアもかごに入れ、店内をぐるりと探索する。

納豆四十九円、ちくわ七十六円、コロッケ三個入り九十八円……。

店内には独特の活気があり、所狭しと陳列された商品に真っ赤な値札が貼られているのを見ると、それだけでテンションがあがる。メーカーの段ボール箱のままで山積みされた商品たち。店内放送で延々と流れる社長の声。いらっしゃいませ、いらっしゃいませ。ご来店ありがとうございます。安く、安く、どこよりも安く、よりよい商品を安く、どこまでも安く……。壁は鏡張りで、室内だというのに天井付近には色とりどりのネオン管がまばゆく光り、サイケデリックな雰囲気さえ漂っている。

さて、勝負はここからだ。一円の商品を買うためには、合計千円以上の買い物をしなければならない。ここで選択を失敗してしまえば、いくら一円でバナナを手に入れたところでたいしてお得ではなくなってしまう。

一円という値段のインパクトは強い。一円で売られている商品のおかげで、客はこの店にあるものはなんでも最安値だと錯覚してしまいそうになるのだ。しかし、よくよく考えてみると、それほど安くもない商品も混ざっていたりする。店にとって利益率のよい商品とは、すなわち、客にとってはお買い得ではない商品である。そこを見極めねばならない。激安を謳《うた》うスーパーにあっても、真のバリュー銘柄を選ぶためには知識と経験が求められるのだ。

大福三十九円、どら焼き二十九円、茶碗蒸し三十九円……。

ハンターの目つきで、値札をひとつずつ確認していく。

牛乳は今日は安くなってないからパスやな。この値段なら近所のスーパーで特売品を買ったほうがいい。おっ、食パン一斤が六十九円か。しかも、ちゃんとしたメーカー品だ。これは買わな損やな。それから、この見たことのない炭酸飲料も二十九円やし、チャレンジしてみるか。大パックのえのきだけ三十九円も買い、っと。卵が半ダースで九十八円やと？　量を考えたら、全然お得ちゃうやろ。卵はほかの店で金曜日の特売品を買うとしよう。あと、麺つゆも欲しかったが、底値とは言えないから今回はやめておく。このへんの調味料も、実は百均で買ったほうが安かったりするからパス、と……。野菜ジュース三十九円は、まず、賞味期限を確認してから……。うん、余裕あるな。まとめて買っておくか。

ええっと、いまで合計、いくらやろ……。頭のなかでざっと計算するが、まだ千円には届かない。

ちなみに、この店の鮮魚コーナーは生きたクリオネが瓶詰めで売られていたり、有毒なフグが陳列されていたことがあったりと、なかなかフリーダムな様相を呈している。クリスマスの時期になると異様に安いローストチキンが並び、近くの公園からハトがいなくなるとまことしやかに囁《ささや》かれており、それを本気にしているわけではないが、精肉売り場の商品を手に取る気にはなれないのだった。

さて、あとはなにを買うべきか。

惣菜《そうざい》コーナーには百円とか二百円とか信じられないような値段のおかずや弁当が並んでいるものの、低価格であるがゆえに安全性が懸念され、食欲がそそられないというのが正直なところである。それに、弁当やパックのご飯を買うよりも、自炊をしたほうが結局のところは安あがりなのだ。えのきだけと豆腐で、味噌汁でも作るか。乾燥わかめはまだあったし、ネギはまあ、なくてもいいか……。豆腐をかごに入れたあと、パスタも補充しておくことにする。パスタはあまりケチって質の良くないものを選ぶと味にダイレクトに影響するので、イタリア産のデュラム小麦のセモリナを選ぶようにしている。値段の差もせいぜいが一食分で十円いかないくらいなので、ここは金をかけるべきところだ。

よし、これで千円いったな。

レジで精算をすると、名札になんと読むのかわからない漢字を表記した店員が「二十円のおつりになりマス」とあきらかに日本人ではなかろうというイントネーションで言って、おつりを渡してくる。受け取るときに手が触れ合い、なかなか可愛い女の子だったので、ちょっと得した気分になった。

おそらくは外国人留学生なのだろう。激安価格で販売して利益をあげるためには人件費も徹底的に削られているはずだ。コンプライアンスという概念を知っているか。労働基準法は守られているのか。足下を見られて労働力を安く買いたたかれてはいないかと、少し心配になってしまうが、明るい声で「またお越しくださいマセ」と言う店員に、かけるべき言葉を持たない。

——私にレジのパートとして働けって言うの？　嫌よ、みっともない。

子供のころに母親が口にしたセリフが、ふと脳裏に蘇《よみがえ》る。リストラの憂《う》き目に遭《あ》い、転職して年収が下がった父親は、毎日のように嫌味を言われていた。そんな両親を見て、心に誓ったのだ。大人になっても嫁など貰うまい。結婚なんかしたら損や。自分で稼いだ金は、全部、自分のものにしたい。早々に決断したおかげで、無駄な出費をすることなく、順調に貯蓄は増えていった。もし、女性と付き合うために、身なりを整えたり、食事をおごったり、プレゼントを贈ったりといったことをしていれば、一体いくらかかったのやら、考えるだけでもおそろしい。

貨幣とは鋳造《ちゅうぞう》された自由である。

そんな言葉が書かれていたのは、ドストエフスキーの著作であっただろうか。

自由こそ、人生における最優先事項だ。

やりがいも、大きな喜びも、ひとが羨《うらや》むような幸せもいらない。ただ、なにものにも縛《しば》られず、好きなように生きていたい。そのために金を貯《た》めた。見栄を張らず、無駄を省き、貯金通帳の残高を眺めることを心の支えに暮らした。労働は苦役《くえき》だ。時間を切り売りして、自由の代償として、金銭を手に入れる。労働者である限り、資本家に搾取《さくしゅ》されつづけなければならない。就職した会社にはなんの思い入れもなかった。入社した翌日から辞めることばかり考えていた。節約、貯金、そして投資。ラットレースから抜け出すため、金で金を生み出す方法を勉強した。相場全体が上り調子だったことも追い風となり、投資はうまくいった。みんなが注目していない安値の株を買い、人気が出て高くなったら売るという行為は、ひねくれ者の性に合っていた。普通なら働き盛りと言われるであろう年齢で早期リタイアをすることについて、とやかく口出しをする者もあったが、念願のストレスフリー生活を手に入れ、後悔など微塵《みじん》もない。

両親には端《はな》から諦《あきら》められており、養わなくてはならない家族もいないのだから、気楽なものだ。一生働かなくても暮らしていける金額といっても、ひとそれぞれだろう。豪華なものを望む人間なら心許《こころもと》ないかもしれないが、なにしろ、生活水準を下げているので、月十万もあれば生きていける。中古マンションを現金一括で買ったおかげで、家賃やローンの支払いもいらない。貯蓄を切り崩さなくても、運用益だけで死ぬまで生活できるはずだ。男ひとり食べていくだけなら、もうこれ以上、稼ぐ必要はないのだ。

2

スーパーからの帰り道、食料品のたっぷり入ったビニール袋を手に提げ、河川敷をぶらぶらと歩く。

悠々《ゆうゆう》たる川の流れを眺めていると、これこそが本物の人生だ、としみじみ思う。うららかな陽光を浴びて、川面はまぶしいほど光っている。銀箔《ぎんぱく》が流れゆくかのごとき輝き。あまりの美しさに、しばし見惚《みと》れてしまう。

川はだれのものでもない。

金銭的な豊かさではなく、本質的な豊かさがここにはある。

こんなに気持ちのよい景色をタダで好きなだけ満喫できるなんて、まったくもって贅《ぜい》沢《たく》なことだ。

ゆったりとした心持ちで、しばらく歩いていると、腕がだるくなってきた。ジュースをまとめ買いしたこともあって、結構な重さだ。

やはり、自転車で来るべきだったか……。

しかし、経験上、自転車を使うのは気が進まなかった。平日の昼間にいい年をした坊主頭の男がサンダル履《ば》きで髭《ひげ》も剃らずに古びた自転車に乗っていると、かなりの確率で警察官に呼びとめられるのだ。大抵は自転車の防犯登録が確認できると、すぐに解放してもらえるのだが、たまにしつこく「ご職業は？」と聞いてくる警察官がいて、正直に「個人投資家です」と答えようものなら、思いきり胡散《うさん》臭げな目つきで見られたりする。……株で儲《もう》けていると言うのなら、もっと羽振りの良さそうな格好をしろ。おまえなんか、どこからどう見ても無職の不審者やぞ……。そんなふうに警察官が内心で考えているのがありありと伝わってきて、言い返したくなりつつも、厄介なことになるだけなので我慢するしかなく、時間を無駄にされたという徒労感ばかりが残る。そんな経験が度《たび》重《かさ》なり、最近では自転車に乗るのをできるだけ避けるようにしているのだった。

自転車といえば、おや、あんなところに……。

行く手に一台の自転車が停《と》まっており、傍《かたわ》らには制服を着た女子高生がしゃがみ込んでいた。

パンクでもしたのだろうか……。

少し気になったが、できるだけ、そちらを見ないようにするのが賢明であろうと考える。適切な距離を取り、すみやかに通り過ぎることにしよう。

きょうび、中年男性が女の子に話しかけるどころか、ちらりと視線を向けただけでも、事案発生となってしまう可能性がある。君子危うきに近寄らず。職務質問の常連である身としては、万全の注意を払わねばならない。

そう思って、足早に過ぎ去ろうとしたところ、背後から声が聞こえた。

「あのっ……」

思わず、足を止め、振り返る。

女子高生が立ちあがり、こちらを見ていた。

「助けてください！」

一瞬、わけがわからず、あたりをきょろきょろと見まわしたが、ほかにひとのすがたはなく……。

どうやら、話しかけられているのは自分のようだ。

しかし、信じられない。

いくら困っているからといって、見知らぬおっさんに助けを求めるなんて、どう考えてもアカンやろ。

「自転車が壊れちゃって……」

女子高生は視線を落として、自転車のほうを見つめた。

前かごのついた一般的なタイプの自転車である。いわゆる、ママチャリだ。さびて茶色くなったチェーンがだらりと垂れ下がっている。

「ああ、チェーンが外れたんか」

パンクなら道具が必要になるが、これくらいなら直せそうだ。

なにか棒状のものがあれば、それを使って……。

ちょうどいい長さの木の枝でもないかとあたりをうかがったところ、土手にビニール傘が打ち捨てられているのを見つけた。

「ちょっと待っとき」

言い残して、土手を降り、ビニール傘を拾ってくる。ビニールの部分は破れてぼろぼろになっているが、先の棒状になった金属の部分さえあればそれでいい。

てこの原理を利用して、傘の先でチェーンを持ち上げ、ギアにかける。後輪を逆回転させながら、順に嚙《か》ませていくと、チェーンをうまくはめることができた。

「たぶん、これでいけると思うけど……」

作業のあいだ、女子高生に一挙手一投足を見られているので、やりにくいことこの上なかったが、どうにか力にはなれたようだ。

「ありがとうございました！」

脅威的なまでに可愛らしい笑顔で、女子高生が礼を言う。

用は済んだので、そそくさと退散することにした。

イレギュラーな事態に、乏しいコミュニケーション能力は限界に近づき、悲鳴をあげそうになっていた。

女子高生は自転車に乗り、河原の道を進み出す。

じろじろと見ているわけにはいかないので、自転車がきちんと動いていることを確認したあとは、すぐに目を逸《そ》らした。

女子高生を助けた自分、というものに酔いしれそうになる。

もし、もっと若く、分別のない年頃であれば、あの女子高生、俺に惚《ほ》れたかも……など妄想を繰り広げていたことだろう。

しかしながら、酸いも甘いも嚙み分けた大人となったいまでは、そんな都合のいい展開があるわけないことは百も承知である。

家に帰り、玄関ドアを閉めると、大きく息を吐いた。

「あー、びっくりした……。なんやねん、ほんま、いや、マジで……」

独り言をつぶやいたあと、深呼吸を繰り返して、頭を左右に振る。

普段、滅多に他人と交流することがないので、ささやかな会話であっても、興奮が収まらない。

平穏な生活を望む者にとって、心を乱されるような出来事など苦痛でしかなかった。

まずは買ってきたものを冷蔵庫に仕舞おう。

想定していたよりも帰宅までに時間がかかってしまったが、すぐに傷《いた》みそうなものは買っていなかったので、問題はない。

食品を然《しか》るべきところに配置していると、先ほどのやりとりが脳裏に浮かんでくる。

助けてください、か……。

女子高生が口にした言葉に、驚きを禁じ得なかった。

思えば、これまでの人生でだれかに助けを求めたことなどあっただろうか。

対価を支払うのではなく、純粋に他者の好意を当てにして助けを求めるなど、考えたこともなかった。

助けなんて求めても無駄だ。自分のような者を助けても、一銭の得にもなりはしない。女子高生ならば存在しているだけで価値があるのかもしれない。しかし、くたびれた中年男など……。

世の中には素直に助けを求めることができる人間もいるのだと思うと、軽くカルチャーショックを受けた。

不審者も多い昨今、他人に気軽に助けを求めるなど、危機管理意識が低すぎやしないだろうか。警戒心のなさが心配になるほどだ。

このご時世、いつ、なにが起こるかわからないというのに……。

空っぽになったビニール袋を丁寧に折り畳み、ごみ箱の下に仕舞う。こうしておけば、ごみを捨てたあと、すぐに新しいビニール袋をごみ箱にセットできる。ちょっとした生活の知恵である。

買ってきたものをすべて冷蔵庫と戸棚に仕舞い、財布を取り出すべく、ズボンの後ろにあるポケットに手を伸ばしたところ、異変に気づいた。

ない……。

するりとした手の感触に、血の気が引く。

ポケットが、ぺったんこだ。

そこにあるべき、膨《ふく》らみが……。

恐る恐る、ポケットに手を入れ、確認してみるが、やはり、手ごたえは感じられない。

財布が……。

まさか、そんな……。

念のため、逆側のポケットも触ってみたが、そちらも真っ平らである。

ない！

財布が、ない！

全身から脂汗が噴き出し、心臓が早鐘を打つ。

再度、ポケットを探ったあと、台所や玄関なども調べてみたが、どこにも財布は見当たらなかった。

落とした、のか……。

叫び出したい衝動に駆られるが、ここでパニックになったところで得るものはなにもない。

落ちつけ。落ちつくんだ。

まずはクレジットカード会社に連絡だ。

インターネットで問い合わせ番号を調べて、可及的速《かきゅうてきすみ》やかに手続きを行う。

万が一、だれかに拾われたときに、悪用されそうなものはほかにはなかっただろうか。

あとは、そうだ、免許証！　車なんか乗らないのに身分証明のために持ち歩いていたのが仇《あだ》になった。再発行手続きをしなければならないのか、面倒だな……。保険証は診察券とまとめて、使うとき以外は引き出しに仕舞ってあるので大丈夫だ。キャッシュカードも通帳といっしょに保管して、銀行に行くときだけ持ち出すようにしていた。卵をひとつの籠《かご》に盛ってはならない。リスクを分散しておいて、本当によかった。

節約の意味からも普段から大金を持ち歩かないようにしている上、買い物をしたあとだったので、財布に残っていた現金が二千円くらいだったのも不幸中の幸いである。財布自体も百均で買ったものだ。しかし、金額に関係なく、財布を失《な》くしたというショックは大きい。

それから、警察にも電話しておいた。案の定、現時点では財布の落とし物はないとのことだったが、もし、届け出があったら連絡してもらえるだろう。

無事に見つかるといいのだが……。

それにしても、一体、どこで財布を落としたのか。もしかしたら、落としたのではなく、だれかに盗《と》られたという可能性も……。

そう考えて、女子高生のすがたが浮かぶ。

自転車が壊れて困っているふりをして、修理をしてもらっているうちに、財布を抜き取るという、新手の犯罪だったり……。

いやいや、なにを考えているのだ。

一瞬でも、あの女子高生を疑ったことについて、申し訳ない気持ちになる。

自分はこういう発想をしてしまう人間なのだ。だから、他人に助けを求めたりはできない。

スーパーのレジで支払いをしたときには、確実に財布はこの手にあった。

そのあと、どこかで落としたということか……。

念のため、もう一度、河川敷を往復して、スーパーまでの道のりを探してみたが、やはり、財布はどこにもなかった。

3

財布を紛失して、一カ月が経《た》った。

もはや、見つかることはないだろうと諦めている。

全財産を思えば、ささやかな損失だ。そう自分に言い聞かせ、心を慰《なぐさ》める。

今日も河川敷へ行くと、例の声が響き渡っていた。

「ひとつ！　すべてはお客様のために！」

「ひとつ！　すべてはお客様のために！」

号令に従って、大声で社訓を叫ぶタクシー運転手たち。まるで軍隊みたいだ。自由とは対極にあり、見るだけでも不愉快な気分になるので、反射的に目を背ける。

もし、自分がもっと性格の悪い人間であったならば、優越感に浸《ひた》るため、あえてそちらをじっと眺めたかもしれない。しかしながら、他人を見下して、己の幸福を噛みしめるなど、品のない行為である。そんな人間にはなりたくないものだ、と思いながら河川敷を進んでいく。

するとと、前方より一台の自転車が近づいてきた。

チェーンの修理をしたあと、これまでにも何度か河川敷を歩いていて、あの女子高生とすれちがうことがあった。そのたびに、女子高生は会釈をしてくれた。ぺこりと軽く頭を下げるだけであり、言葉を交わしたりはしない。ただそれだけのことなのだが、他人に感謝をされるというのは悪い気がせず、その日はとても良い気持ちで過ごせるのだった。

今日もまた彼女に会えるのではないか、という淡い期待を胸に抱いていなかったと言えば嘘になる。

もちろん、自分と彼女がどうこうなるとかいうことはまったく考えていない。野に咲いた花を愛《め》でるような、陽だまりで昼寝をしている猫のすがたに和《なご》むような、そのような心情だと自己分析している。

とうの昔から、ひとりで生きていく覚悟はできていた。

結婚は人生の墓場である。身を粉にして稼いだ金を当然のように家族に奪われ、自分が使える小遣いは数万円。一家の大黒柱とは名ばかりで、現代の奴隷とでもいうべき立場。配偶者をATMだと思っている相手と結婚してしまえば、あとは寄生される人生が待っているだけ。父親とおなじ轍《てつ》は踏むまい。

そもそも、見た目に難があり、根暗でひとの輪に入ることができないような男が、恋愛市場において値がつくわけもない。そういう男でも経済的なアドバンテージがあれば結果を出せるのかもしれないが、金目当ての女性などこちらからお断りだ。

ゆえに、生涯独身を心に誓った。

これまでも、これからも、ずっと……。

自転車が近づいてくるのを特に意識していないように振る舞いつつも、さりげなく顔をあげて、彼女のほうをうかがう。

そして、引っかかりを感じた。

なにかが、いつもとちがうような……。

女子高生は楽しそうに笑っていた。心ここにあらずという様子で、こちらには気づかなかったらしく、なんのリアクションもないまま、颯爽《さっそう》と過ぎ去っていく。

えっ……？　いまのは……？

すれちがいざまに見たものに驚き、立ちどまって、そちらを凝視する。

ハンドルを持ち、ペダルに足をかけて、姿勢正しく自転車を漕《こ》いでいる女子高生。その後ろに、もうひとり、べつの人物がいたのだ。

自転車の荷台に、制服を着た男子が座っている。

晴れ渡った青空のもと、自転車に二人乗りをした高校生の男女が河原をすいすいと進んでゆく。

まるで青春ドラマの一シーンみたいな爽やかさではあるが……。

おい、ちょっと待て！　後ろの男！　なんで、おまえが漕がへんねん！

思わず、心のなかで突っ込んだ。

呆気《あっけ》に取られながら、遠ざかっていく自転車を見つめる。

しばらく進むと、自転車は橋のたもとで停止した。ふたりは自転車から降りて、向かい合い、おもむろにジャンケンを始める。

どうやら、負けたのは女子高生のようだ。

またしても女子高生が自転車を漕ぎ、男子のほうは後ろに乗る。

おそらくは、ジャンケンで負けたほうが漕ぐというルールなのだろう。

自転車に二人乗りをしているのを見たときよりも、ジャンケンで漕ぐ順番を決めているのだと知ったときのほうが、なぜか、ひどく動揺した。

なんやねん、一体……。

戦ってもいないのに敗北したような気分になり、打ちのめされる。

二人乗りは道路交通法違反なんやぞ。

みっともないとわかっていても、心のなかでつぶやかずにはいられない。

警察に呼び止められて、注意されるがいい！

そのとき、背後から声が聞こえた。

「おおーい、ちょっと、そこのお兄ちゃん！」

自分が呼ばれているのだとは思わず、気にせずにいたら、声はどんどん近づいてきた。

「ちょっとちょっと、これ、落ちてたんやけど」

振り返ると、タクシー運転手と思《おぼ》しき制服を着た人物がすぐ背後におり、話しかけてきた。

「顔、見せてみ。ああ、やっぱり、この免許証の写真とおなじやな。本人やろ、うん、本人や。まちがいない。これ、お兄ちゃんのなんやろ？　そこの土手の草ぼうぼうに生えてるところに落ちとって、さっき、拾ったんやけど、あとで警察に届けよとか思ってたら、お兄ちゃんがなんか困ってるみたいにぼーっと突っ立ってんのが見えたから、もしかしたら、財布を探してんのかなあと思って、ほんま、よかったなあ」

まくしたてるような喋り方に圧倒されながらも、頭のなかではまったく関係のないことを考える。

女のひともおったんか……。

そのタクシー運転手は自分よりかなり年上だと思われる女性であった。

考えてみれば、いまどき、女性のタクシー運転手も珍しくはない。だが、あの社訓唱和している集団は全員、男だとばかり勝手に思いこんでいた。

茫然《ぼうぜん》とした心持ちで財布を受け取り、口ごもりながらも「ああ、どうも、ありがとうございます」と言う。

財布が無事にこの手に戻ってきたというのに現実感に乏しく、なんだか狐につままれたような気分であった。

「どうしたん、お兄ちゃん、しょぼくれて。せっかく、財布が見つかったんやから、もっと、嬉しそうにしてもええねんで？」

力強く背中を叩《たた》かれ、むせそうになる。

「ツイてへんなと思うこともあれば、ラッキーなことも絶対にあるから。人生、山あり谷あり。川の流れみたいに生きていくしかないんやで。ほらほら、手、出してみ」

言われるままに、財布を持っているのとはべつのほうの手を開いて、差し出す。

「飴《あめ》ちゃんあげるから、元気出しや」

自分のてのひらで、黄金糖がきらきらと輝く。

それを見つめながら、もう一度、礼を言った。

ザリガニ釣りの少年

1

ランドセルを蹴《け》られても、須野木《すのき》は怒らなかった。

クラスの男子が順番に、須野木のランドセルを蹴っていく。地面に転がったランドセルを、須野木はぼんやりと見ている。

須野木の反応に、俺は腹が立った。

ここは、怒るとこやろ、ふつう。

怒らないから、海堂《かいどう》たちだって調子に乗るんだ。

「はい、つぎ、ユウの番」

指名されて、俺はやらないわけにはいかなかった。

俺はいま、海堂たちのグループに入っている。

仲間は大事だ。仲間がいなけりゃ、須野木みたいになってしまう。

キレろよ！

そう思いながら、俺も須野木のランドセルを蹴った。

嫌やったら、めちゃくちゃキレまくって、はっきりわかるように嫌がったらいいんや。

なのに、須野木のやつは相変わらず、へらへらしていた。

「やめろよ〜」

困ったように言いながらも顔は笑っていて、迫力がまったくない。

「やめろよ〜、やって！　変な声！」

海堂が甲高《かんだか》い声で真似して、まわりのやつらが笑う。

サッカーごっこ。須野木のランドセルは、ボールの代わり。これはいじめじゃない。

それどころか、友達のいない須野木に構ってやっているんだ。遊んでいるだけ。下校時のちょっとした悪ふざけ。

そんなふうに心の中で言い訳をしてみても、自分がやったことへの嫌悪感は消えなかった。

サイアクや。

最低最悪の気分。

俺が蹴ったのは、ランドセルであって、須野木じゃない。ランドセルを蹴っても、体に痛みは感じない。

でも、考える。

もし、自分が、須野木の立場やったら？

絶対に、嫌や！

自分がされて嫌なことは、他人《ひと》にもしない。

それって、あたりまえのことやろ。

けど、やってもうた……。

須野木に対して、ムカつく。おまえがちゃんとキレたり、しっかりしてへんから、こういうことをされんねん。もっと、強くなれよ。

海堂に対して、ムカつく。なんで、弱い者いじめみたいなことをするねん。幼稚すぎて、全然おもろないわ。もっと、大人になれよ。

自分に対して、ムカつく。須野木の態度も悪いし、海堂の頭も悪いけど、最低なことをやったのは、自分や。ほんまは、こんなこと、したくなかった。

でも、蹴ったのは自分。

ああ、ムカつくムカつくムカつく……。

むしゃくしゃした気分のまま、家に帰って、ランドセルを置いて、おやつを食べた。

おやつはビスコだった。牛乳も飲んだ。今日は習い事がなにもない日だ。だれかと遊ぶ約束もしていない。本当なら、家でゲームでもしていようと思っていたけれど、おやつを食べ終わると、すぐに家を出た。

2

行先は決めず、自転車を漕《こ》ぐ。

須野木のことなんか、気にしても仕方ない。そう思うのに、何度もさっきのことを思い出してしまう。

海堂に、自分の番だと言われ、つい、やってしまった。

でも、断る、という選択肢だってあった。

嫌だ、俺はやらない。

そうきっぱりと言って、須野木のランドセルを蹴らないでいることだって、できたはずだ。

それやのに、俺は……。

靴跡がついたランドセルを拾いあげて、須野木はとぼとぼと帰って行った。黒いランドセルに、白い汚れ。靴の裏側の模様が、くっきり。もし、自分のランドセルがあんな状態になったら、俺には耐えられない。

だいたい、俺だったら、やられっぱなしでは済まさず、やり返しただろう。こっちがランドセルを蹴られたら、三倍にして蹴り返してやる。

須野木のランドセルは中古で、だれかのお下がりだという噂だった。須野木には父親がいない。母親と祖父の三人暮らしだ。須野木の家が貧乏だということはみんな知っている。海堂たちはよく貧乏ネタで、須野木のことをイジっていた。貧乏ネタはウケるし、須野木自身も笑っているから、なんとなく許される雰囲気があった。でも、ランドセルを蹴るのはやりすぎだという気がした。

須野木はいま、どんな気分でいるんやろ……。

もしかしたら、ひとりで悔し泣きをしているかもしれない。

須野木がいそうな場所を考える。

いつだったか、サッカーの試合の帰りに河川敷を歩いていて、須野木を見かけたことがあった。須野木はひとりでザリガニ釣りをしていた。

友達がいなくてかわいそうだな……と思ったことを覚えている。

今日も、河川敷にいるだろうか。

淀川《よどがわ》の近くまで来ると、俺は自転車を停《と》めて、堤防への階段をかけあがった。

小川のある散歩道のところに行くと、須野木はあっさりと見つかった。真剣な顔をして、細長い棒を持ち、糸を垂らしている。

俺が近づくと、顔をあげて、目をぱちぱちさせた。

「あ、ユウくん」

「よお」

須野木を見つけたものの、なにを言ったらいいのかわからなくて、とりあえず足もとのバケツをのぞきこむ。

「ザリガニ？」

「うん」

水色のバケツの中に、ザリガニがうじゃうじゃいた。大量のザリガニが重なり合っていて、バケツの底が見えない。数える気はしないが、十四以上はいそうだ。

俺がそばにいても、須野木は特に気にすることもなく、ザリガニ釣りを続けていた。

水面の向こうに、ザリガニが見える。あんまり赤くないザリガニだ。ハサミも小さい。ザリガニが動くと、泥で水が濁《にご》る。しばらくすると、泥は沈んで、水の中はまた静かになった。ザリガニを挑発するように、須野木はエサをちらつかせる。

「あのさ、さっきのことやけど」

ザリガニがハサミで、エサを摑《つか》む。須野木はゆっくりと糸を引きあげる。あと少しというところで、ザリガニはエサを離して、水底に沈んでいく。

「さっきって、なに？」

ザリガニが土にもぐると、須野木は軽く首を傾《かし》げて、こっちを見た。

「今日の帰り」

俺が言っても、須野木は本気でわかっていないみたいだった。

蹴られたやろ、おまえのランドセル。

そう言おうとしたけど、うまく言葉が出ない。

「いや、なんでもない」

須野木はそれ以上、訊《き》いてこなかった。

また水のほうに目を向けると、ぴくぴくと小刻みに腕を動かし、糸の先についたエサを揺らす。

さっきよりも大きなザリガニが、ハサミを振り上げて、立ち向かって来た。

「大物やな」

俺が言うと、須野木は嬉しそうにうなずいた。

「ユウくんは、やらへんの？」

もう少しで大物が食いつきそうだったのに、須野木はエサを引きあげて、棒をこっちに差し出す。

「貸そか？」

俺は首を横に振った。

「ええわ」

須野木と並んで、ザリガニ釣りをするつもりはなかった。そんなことをやりに来たわけじゃないのだ。

俺は、須野木に言わなければならないことがあった。

一言、謝れば、済む話だ。

悪いと思っている。

やるべきじゃなかった。

俺は、間違えた。

だから、謝る。

謝りさえすれば、このイライラした気持ちも、すっきりするはずだ。

でも、タイミングがむずかしかった。

須野木はまた糸を垂らして、大きなザリガニの前で、エサを揺らしている。

だれも、俺に「謝りなさい」とは言ってくれない。

自分から、言うしかない。

わかっているのに、うまく言葉が出てこなくて、俺はさっきから水の中のザリガニばかり見ている。

水は浅くて、わりと澄んでいて、底にある石とかゴミとかもくっきりと見える。

毎日毎日、だれにも遊びに誘われず、ひとりでザリガニを釣っているなんて、どんな気分なんやろ。

もし、自分やったら……。

たぶん、めっちゃ、みじめやと思う。

「海堂もさ、ストレス、溜《た》まってんやと思う」

須野木とは目を合わせず、ザリガニを見たままで、俺は言った。

「あいつ、お兄ちゃんは私立に行ってるし、自分も受験せなあかんから、プレッシャーっていうか、塾とか大変そうやし」

だからといって、ストレス解消として、ほかのだれかのランドセルを蹴っていいわけはない。

なんやねん、ストレス、って。

自分で言っておきながら、一秒後には、そんなこと言わへんかったらよかった、という気分になる。

「だからって、許したれ、とか言うつもりちゃうけど」

なんで、わざわざ海堂をフォローするようなことを言わなあかんねん、俺が。

だいたい、悪いのは海堂ひとりじゃない。

俺だって、おなじことをした。

須野木はなにも答えない。

黙りこくっているから、イラッとした。

せっかく、俺が気にして、謝りに来ているっていうのに！

「なあ、なんか、言えよ」

須野木はこっちを見て、戸惑うような表情を浮かべた。

眉《まゆ》を八の字にして、落書きされた犬みたいな顔だ。

「なんかって言われても……。なにを言うたらええんか、わからへんし」

「いや、なんでもいいから、思ってること、言うたらいいやろ」

「べつに、なんも、思えへんし」

「なんも思ってへんわけないやろ」

ちょっと強い口調で言ったら、須野木は弱々しい声で繰り返した。

「そやけど、ほんまに、なんも思ってへんし……」

なんも思ってへん、って、アホか？　アホなんか？　なんで、ちゃんと、自分の思ってることを言われへんねん。

「そうやって黙るから、あいつらも調子に乗るんやって。ムカついたら、ちゃんと伝えろよ！」

謝ろうとしていたはずが、俺は須野木にイラつき、なぜか、喧嘩《けんか》の一歩手前みたいになってしまう。

こんなつもりで来たわけじゃないのだ。

俺は須野木のために……。

「ええこと、教えたるわ」

そう言いながら、大きく拳《こぶし》を振りあげて、須野木に殴りかかろうとした。真似だけだ。本当に当てたりはしない。

須野木は身をすくませ、木の棒を持ったまま、ぎゅっと目を閉じた。

「そうやってビビるから、あかんのやって！　相手の目、見ろよ」

俺は思いっきり目に力を入れて、須野木のことをにらみつける。

「殴られそうになったら、相手の動きをしっかり見ること。目を閉じたら、攻撃を避《よ》けられへんやろ。それに、相手をにらみつけて、気合いで、負けへんで、っていうアピールをせんと」

にらみつけるときのポイントは、両方の目で、相手の片方の目だけをじっと見るのだ。

「どんなに筋肉ムキムキのやつでも、眼球は鍛《きた》えようがない。眼球は急所のひとつやからな、視線で目潰《めつぶ》しするくらいの勢いで、にらみつけるんや」

須野木は糸を水に垂らしたまま、ぽかんとした顔で、こちらを見ていた。

「俺に殴りかかって来てみ」

手招きするみたいに、ちょいちょいと指を動かして、俺は須野木に言う。

「え……、でも……」

「ええから」

須野木は視線をうろうろさせて、その場から動かない。

こういうノリの悪いところも、仲間はずれにされる原因だろう。

「ほら、はよせえって」

ザリガニなんか釣ってる場合ちゃうやろ。

「護身術、教えたるから」

俺が言うと、須野木はしぶしぶといった感じで、ザリガニ釣りをやめて、こちらに向かってきた。

須野木の拳は、親指が握った四本指の中に入っている。あかんな、ダメダメや。ほんま、こいつ、なんも知らんやん。

「殴るときは、親指、出しとけよ。骨、折れるで」

言いながら、俺は須野木の手首を摑んで、引き倒した。

須野木は後ろ向きで地面に倒れる。

「攻撃のあとっていうのは、相手も隙《すき》だらけなんや。だから、もし、殴られそうになったら、ビビらずに、ちゃんと相手を見て、チャンスを待つんが大事やねん。倒してしまえば、こっちのもんや」

地面に倒れた須野木の上に、俺はまたがる。もちろん、本当に体重をかけたりはしない。馬乗りになった姿勢で、拳を振りあげる。

須野木はびくっと体を震わせて、両手で顔を庇《かば》おうとした。

ビビるなって言ってるやろ。覚悟が足らんから、ビビるねん。もっと、気持ちをしっかり持てよ。

「こうやってグーで殴ろうとするのは、素人や。さっきも言ったけど、拳で殴ったら、指の骨を折る可能性があるからな」

須野木はなにも言わずに、びっくりした顔で、こっちを見ている。

俺が本気じゃないってことは伝わったらしく、須野木の目に怯《おび》えの色は浮かんでいなかった。

「いっちゃん効果的なんは、肘打《ひじ》ちや。肘って、めっちゃ尖《とが》ってて、硬いから」

俺は肘を曲げて、須野木の顔に振り下ろす真似をする。

「相手を倒したら、肘を使うんや。鼻を潰したら、めっちゃ血が出まくって、相手は戦意喪失する。わかったか?」

それだけ言うと、俺は立ちあがって、須野木に手を差し出した。

俺の手を摑んで、須野木も起きあがる。

「ユウくんって、強いんやな」

ぼんやりした声で、須野木はそんなことを言う。

強い？　俺が？

ほんまに強かったら、たぶん、あのとき、ちがう方法があったはずや。

海堂に言われて、須野木のランドセルを蹴ってしもうた。みんながやってたから、自分もやった。

あれは、俺の弱さや。

強くなりたいって、思ってるのに……。

俺はまだまだ、未熟者なんや。

「特訓したら、だれでもこれくらいできるようになる」

効果的な攻撃のやり方を教えてくれたのは、父親だ。保育園時代、一個上に乱暴なデブがいて、そいつがよく殴ってきた。だから、反撃の方法を教えてもらったのだ。父親から護身術を教わったおかげで、俺はそいつを泣かすことができた。その後、そいつはもう二度と俺に殴りかかってくることはなかった。

やられたら、やり返すしかない。

やられないためには、強くなるしかない。

「もし、どうしても手で殴りたかったら、グーじゃなく、ここで、当てるんや」

俺は掌《てのひら》を須野木に見せて、親指の付け根から手首にかけてのあたりをぽんぽんと叩《たた》く。

「相撲《すもう》取りの張り手みたいな感じで、どんどん叩いていくのも結構、効く」

寝る前に、布団の上で、父親と何度もシミュレーションした。おかげで、いざというときに、立ち向かっていけた。

「蹴りやったら、ローが最強やな。前蹴りで、金玉狙うのも鉄板や」

須野木は父親がいないから、こういうことを教えてもらうこともできないのだろう。

「俺が殴りかかるから、まずは倒すところ、やってみ」

せっかく俺が特訓の相手をしてやろうというのに、須野木は首を横に振った。

「いいよ、そんなん」

「ええから、やれって！」

「でも……」

ぐずぐず言ってんと、気合いを入れろ、気合いを。

「ビビんなって。痛いことはせえへんから」

むしろ、こっちは倒されてやるつもりなのだ。

俺が殴りかかろうとすると、須野木はまたぎゅっと目を閉じた。

「だから、目、つぶんなって！」

体も強張《こわば》らせて、立ちすくんだまま、自分からは動こうとしない。

「俺の手、こうやって摑めよ。そんで、こっちに押し倒す感じで」

わざわざ須野木の手を握って、自分の腕を摑ませる。

なんで、ここまでせなあかんねん。

自分からもっと積極的に動いて、身につけようとしろよな。俺なんか、父親相手にどんだけ練習したと思うねん。

「いいから、ほんまに」

須野木は俺の手を振り払うようにして、そんなことを言った。

「なんや、それ、ちゃんとせえよ！」

やる気のない須野木に、こっちはイライラした。

負けたら悔しいやろ？　やられたら、やり返したいやろ？　ちゃうんか？

俺が怒鳴ると、須野木は申し訳なさそうな顔をして、つぶやいた。

「暴力とか、嫌いやし」

そんなん、俺かって、暴力は嫌いや。

でも、だからこそ、護身術は覚えといたほうがええんちゃうのか。

「あのな、これは自分の身を守るために、やってることや。暴力と護身術はべつもんやろ」

そんなふうに言いつつ、自分でもよくわからなくなってきた。

須野木が本気で嫌がっているなら、俺のやっていることは……。

「ええから、ちょっとだけでも練習しとけって。倒すっていうても、実際にやらんでもいいねん。ただ、やり方を知っておくっていうのが、重要やから。いざとなったら倒せるっていう自信が、オーラみたいになって、いじめられへんようになんねんって」

いじめ、っていう言葉は使いたくなかった。けど、気づいたら、口から出ていた。

「でも……」

「うるさい！　ごちゃごちゃ言うてんと、かかって来いっちゅうねん！」

言いながら、須野木に殴りかかる。

やっぱり、須野木はその場でぎゅっと目を閉じた。

こいつ、さっきの俺の話、なんも聞いてへんやん……。

俺はパンチを寸止めする。そして、だらんと腕をおろす。

「おまえなあ」

なんか、もう、怒る気力もなくなってきた。

「そんなんやったら、やられっぱなしやで。ええんか？」

あきれた声で言うと、須野木はぼそぼそと答える。

「うん。まあ、耐えられへんようになったら、逃げるし」

「逃げる、って……。やり返さへんつもりなんか？　絶対に？」

「たぶん」

こいつ、どうしようもない根性なしやな。

「もうええわ！　勝手にいじめられとけ、ボケ！」

特訓して、鍛えたろうと思ったけど、無駄やった。

俺が怒鳴っても、須野木は言い返したりしない。

あさっての方向を見て、ぼんやりしている。

謝ろうと思ってたはずやのに、なにを言うてるんや、俺は。

つぎの瞬間、須野木は「しっ！」と言うと、人差し指を口に当てた。それから、耳を澄ますようなそぶりを見せる。

なんや？　なんか、聞こえたか？

俺が黙ると、須野木は顔を上に向けて、空を指さした。

「ノスリ」

青い空に、黒っぽい鳥の影が見えた。

「あれ、カラスちゃうんか？」

「ちがうよ。鳴き声、聞こえたし。ピィーエーって、鳴いてたやろ。これがピーヨロロローやったらトンビやけど、ピィーエーやからノスリや」

鳥の鳴き真似をしながら、須野木はそう言い切る。

よく見てみると、たしかにカラスとはちがって、茶色っぽい鳥だった。タカみたいにも見えるが、少し小さい。翼を広げ、空をゆったりと横切り、どこかに飛んでいく。

しばらく空を見あげていたあと、須野木はザリガニ釣りをしていたところに戻った。

なんやねん、こいつ。

ほんま、マイペースなやつや。

ザリガニ釣りをするのかと思いきや、須野木はしゃがんで、バケツを手に取った。そして、水面に向かって、バケツをひっくり返して、ざあっと中身を流す。ザリガニたちが後ろ向きに跳ね、水の中に散らばる。

空っぽになったバケツをその場に置いて、須野木は歩き出した。

「バケツ、持って帰らへんのか？」

「うん。もとから、ここにあったから」

須野木と並んで、俺も歩く。

「どこ行くつもりや？」

「もう帰る」

俺が言いたかったこと、ちゃんと伝わったんやろか。

須野木を見ている感じでは、いまいち、わかってないような気がした。

ほんまに強くなれなくても、強い気持ちさえあれば、負けへんようになるんや。

そのことを、須野木にもわかって欲しかった。

「なあ、須野木。おまえ、明日も、ちゃんと学校、来るよな？」

いちおう、訊いてみると、須野木はきょとんとした顔で、こっちを見た。

「うん。行くつもりやけど、なんで、そんなこと訊くん？」

なんで、って……。

もし、俺があんなことされたら、学校に行きたくないって思うに決まってるからだ。

でも、須野木はちがうんやろか。

こいつ、気にしてないふりをしてるんやなくて、ほんまに、なんも、気にしてないのかもしれない。

「須野木って、毎日、ザリガニ釣りしてんの？」

歩きながら、俺は訊ねる。

「うん、まあ、だいたい」

「おもろいん？」

「うん」

「なにが、そんなにおもろいわけ？」

「なんやろ……。わからへんけど、好きやから、ザリガニ釣り」

歩いていると、また鳥の鳴き声が聞こえた。

今度は、空からじゃなく、近くから響く。

「あっ、あれ」

俺は須野木よりも先に、その鳥を見つけた。

草のあいだに、うずくまるようにして、一羽の小さな鳥が鳴いていたのだ。ほわほわした短い毛に覆《おお》われていて、まだヒナみたいだ。

「怪我でもしてんのかな」

そっちに近づこうとしたら、須野木が素早く、俺の腕を摑んだ。

「あかんって！」

びっくりするほど迫力のある声で、須野木は言った。

「なんで？　ヒナみたいやし、助けたろうや」

「あかんって言うたら、あかんねん！　人間が近づいたら、親鳥が帰って来られへんようになるやろ！」

俺の腕を摑んだまま、須野木は早口で話す。

こいつ、結構、力あるやん……。

「あのヒナは、巣立ちのために飛ぶ練習中で、たぶん、近くに親鳥もいるはずやから、そっとしといたほうがええねん。俺、前に、一回、それで失敗してるから。なんも知らんかったときに、ヒヨドリのヒナを見つけて、助けたらなあかんと思って、拾って、持って帰ってん。でも、結局、育てられへんくって」

須野木はそう話しながら、とても悔しそうな表情を浮かべていた。

ランドセルを蹴られても、へらへらしていたくせに……。

「そんときに、本とかで調べたら、ヒナを拾うのは誘拐みたいなもんやって書いてあった。だから、こういうときは放っておくのが一番ええねん。かわいそうやからって、助けようとしても、それって結局は、人間のエゴやから」

須野木はきっぱりと言うと、射るような強い視線で、俺のほうを見た。

こんな目も、できるんやんか……。

ようやく、俺は気づいた。

須野木と俺は、ちがう人間なんや。

こいつの大事なものは、俺とは全然ちゃうところにある。

「ごめん」

なんでか知らんけど、自然とそう言っていた。

「わかってくれたんやったら、ええねん」

須野木は照れくさそうに笑うと、俺の腕から手を離した。

じんじんと痛む腕をさすりながら、俺はまた須野木と並んで、河川敷を歩いた。

解説

北上次郎

藤野恵美に『涙をなくした君に』という作品がある。小説新潮（２０１８年５月号〜２０１９年５月号）に連載され、２０１９年12月に新潮社から刊行された長編である。

語り手はカウンセラーの宮沢橙子《とうこ》。テニスインストラクターの夫・律《りつ》、小学一年生の息子・蓮《れん》と三人暮らし。律は理解のある夫だし、蓮は可愛いし、何一つ不自由のない暮らしを送っているように見える。しかし物語の中ごろに、夫の律との性交渉を拒むシーンがある。

そのときのヒロインの心理は次のように述懐されている。

「浮気をされても仕方ないな、と思う。
しかし、一方で、そう思ってしまう自分に、釈然としないものを感じるのだった」

この段階では、なぜヒロインが夫を拒むのかわからなかった。ヒントはある。冒頭近くに次のような一文がある。

高校生のころ、生きづらさを抱えていた私は「機能不全家庭」という言葉を知り、衝撃を受けた。

ああ、これだ。まさに私が育ってきた家庭そのものではないかと思い、貪るように心理学の文献を読み、大学でもそれを専攻することにした。

ずいぶんあとになって出てくるが、宮沢橙子の父親は「自己中心的で、共感力が欠如しており、自分の思うがままに相手を動かしたいという欲求が強く、暴力で相手を支配した」。さらに、母親のことを「『自分にとって都合のいい妻』にしようとして、何度も何度も殴った」というから尋常ではない。

問題は、そんな父親に自分が似ていると彼女が自覚していること。自分もまた自己中心的な性格であり、それを隠しているのは自分が父よりも狡猾であるにすぎない、とこのヒロインは考えている。

つまりこの『涙をなくした君に』は、父親の幻影を振り払い、自分の足で立つまでの、いやその方向へ一歩だけ踏み出すまでの、ヒロインの彷徨を描く長編である。とても柔らかなタイトルの作品ではあるけれど、実はヒロインの精神の葛藤を描く激しい小説なのである。そして重要なのは、これが藤野恵美の作品を解くキーポイントでもあることだ。

著者が子供時代に起きた火事の夜、二階のベランダに出て、どうやって幼い妹たちを逃がそうかと考えながら、空に輝く星を見つめていた風景が、『ハルさん』（２００７年

／東京創元社）の文庫版あとがきに書かれている（２０１３年／創元推理文庫）。度重なる夫からの暴力に耐えかねて一家心中を図ったのか、それとも酒に酔った上での母の火の不始末だったのか、その理由はわからないと著者は書いているが、「機能不全家庭」に育ったのは、宮沢橙子だけではないのだ。幼い娘と若き父親の暮らしを優しい目で描く『ハルさん』の裏側に、こういう激しい風景が静かに息づいていることを忘れてはなるまい。

本書『淀川八景』も同様である。ここで描かれているのは、まず、姉妹が淀川の河川敷を散歩する風景である（「あの橋のむこう」）。この短編の語り手は三十八歳のデザイナー。大阪で育ったものの、いまは東京で暮らしている。妹に会うために大阪に帰ってきたことがすぐに明らかになる。しかし、その妹になぜお金を渡すのかは、なかなか明らかにならない。

「私は妹に借りがある。その借りを、お金で返している」

と出てくるだけだ。この背景にあることはこれ以上ここには書かない。この姉妹がどういう関係なのか、なぜ姉は妹にお金を渡すのかは、この短編の芯のようなものであるので、それをここに書いてしまっては読書の興を削いでしまうだろう。

ほかにも、幼い弟の野球の試合を見る姉の物語があり（「さよならホームラン」）、対岸まで犬が泳いで渡る光景（「黒い犬」）があることを、ここでは書くにとどめておく。

表面的にそれらは、ほのぼのとした光景だが、その背後には暴力を振るう父がいて、別れ別れになる家族がいて、囚われた気持ちが自由に解き放たれる瞬間があることも、書いておきたい。ようするに、さまざまな風景だ。あるいは、いじめに加担した少年が謝罪のために相手の少年を訪ねていくが、そこで意外な光景に出会って、もう一つの真実を知らされる話（「ザリガニ釣りの少年」）もあったりする。

淀川をモチーフに、さまざまな男女のドラマと風景を、このように鮮やかに描き切っている作品集だが、その背後には『涙をなくした君に』や『ハルさん』に共通する「藤野恵美の世界」が静かに、ひっそりと息づいている。藤野恵美の作品を初めて読む方には恰好の入門書とも言えるので、まず本書を読むことをおすすめしたい。そしてこれが気にいったら、次は『涙をなくした君に』と『ハルさん』だ。愉しみはまだたくさん残っている。

（文芸評論家）

初出

「別冊文藝春秋」

あの橋のむこう　第319号

さよならホームラン　第333号

婚活バーベキュー　第325号

ポロロッカ　第339号

趣味は映画　（「鵜殿のヨシ原」改題）　第337号

黒い犬　（「川原の犬」改題）　第328号

自由の代償　第330号

ザリガニ釣りの少年　第322号

単行本　2019年4月　文藝春秋刊

DTP制作　ローヤル企画

文春文庫

淀《よど》川《がわ》八《はつ》景《けい》

定価はカバーに
表示してあります

2022年12月10日　第1刷

著　者　藤《ふじ》野《の》恵《めぐ》美《み》
発行者　大沼貴之
発行所　株式会社 文藝春秋

東京都千代田区紀尾井町 3-23　〒102-8008
TEL 03・3265・1211㈹
文藝春秋ホームページ　http://www.bunshun.co.jp

落丁、乱丁本は、お手数ですが小社製作部宛お送り下さい。送料小社負担でお取替致します。

印刷・萩原印刷　製本・加藤製本
Printed in Japan
ISBN978-4-16-791977-1